90度のまなざし

合田佐和子

合田佐和子（1940－2016）

祭

祭りというと水があってうすくらやみがあって灯火がゆれて遠ざかってゆく。

私の思い出の中の祭りはいつもゆれて遠ざかってゆく情景でしかない。そして私はいつも祭りのまわりでうすぼんやりと立ちすくんでただ目をみひらいているだけである。いつだって祭りの中へ入ってゆくことはできなかった。

死ということがどういうことであるかまだわからないでいるが、たぶん死ぬようなことがあれば私はむかし見たうす青いペンキをぬった木の橋の下に帰っていって、夏がくればあの川を流れるとうろうのローソクの火のまわりに嬉々とたわむれて水しぶきをあびながらゆれて遠ざかってゆくだろう。祭りの中にとうとう入ってしまって。

そして、そういうとき、私のような女の子が、また、それをみつめて、立ちすくんでいたら、いいな。あのうすぼけた橋の上のらんかんにもたれて。


『現代詩手帖』一九六九年一〇月号　思潮社

目次――90度のまなざし

第三章　イメージとモチーフ

第四章　エジプト

第五章　書評、美術評など

第六章　出会った人、別れた人

第七章　日々の出来事

カバー
表１　タイトル、サイズ不詳　1996　油彩・カンバス　個人蔵
背　ロゼッタ・ギャラクシー（13 点組のうちの１点）　2000　油彩・カンバス　130 × 162cm　個人蔵
表４　ラピスの瞳（0 次元の眼）　1988　油彩・カンバス　72.7 × 90.9cm　個人蔵

口絵１
上　Watch-Angels　1964　針金、ビーズ、鉄部品、ガラス、他　32 × 24 × 6cm　高知県立美術館蔵　撮影：佐藤ヒデキ
下右　八月の王（妻）　1963　ガラス、針金、ワックス、ビーズ、他　33 × 22 × 28cm　佐野画廊蔵　撮影：鹿釜孝博
下左　八月の王（子）　1963　ガラス、針金、ワックス、ビーズ、他　22.8 × 8.8 × 16.5cm　個人蔵　撮影：鹿釜孝博

口絵２
中国の不思議な役人　1977　油彩・カンバス　90.9 × 72.7cm
天井桟敷「中国の不思議な役人」ポスター原画　個人蔵

口絵３
イシスの船　1996　油彩・カンバス　72.7 × 90.9 cm　個人蔵

口絵４
シリウスの小包み　1999　油彩・カンバス　116.7 × 80.3cm
個人蔵

ポートレイト
1975 年頃、若林の自宅にて　撮影：東誠子

第一章　つくること、描くこと

オブジェの宝石を着たにんぎょう

　私は、きらきらしたものが大好きだ。それも、意外な場所、くずれかけたようななかで光っている、という場合に限られる。

たとえば、蜘蛛の巣にかかったルビーの玉、馬小屋のなかのシャンデリアである。きれいに装ったホテルのロビーのシャンデリアでは意味をなさない。

いつか（おばあさんにならないうちに）、私は、せいぜい歩いて半日かかるぐらいの、砂漠とジャングルの中間みたいな土地をみつけて、冷えびえと荒れ果てたそのまんなかに住居をかまえる。

　ぐんぐん歩いてゆく。廃墟がしばらく続いて、洞窟の入口が見えてくる。ローソクに火を灯し、足元に気をつけながら入ってゆく。狭い通路を進むのがいやになったころ、突如、光のもれる扉があらわれる。大広間。緋色のビロードを敷きつめて、あかあかと照り映える煖炉と、まっ赤な寝椅子のある大広間。

その部屋のなかにねそべって、ほんものの宝石の原石を磨き、金の針金を使って、自分をなぐさめるための、たくさんのオブジェを創る。やがて、安心して死んでゆく。部屋を埋めたオブジェたちが、ひっそりと私を守ってくれる。

これが私の望むすべてである。


赤貧の今は、なるたけタダに近いくらいの材料を使って、きたるべき実現の日にそなえて、腕を磨くだけ。

正午近くに起き出して、すずめの鳴くころベッドにつく生活なので、太陽光線のなかで作られた作品はほとんどない。したがって、材料も、ほの暗いなかに映えるものが多くを占めている。

白いエナメル玉子うき、鉛玉、大小さまざまのグラス類、あらゆる色のビーズ、ビー玉、ボタン類、細い銅線、コイル、ヒューズ、鎖、パール、ブローチやカフス・ボタン、金属タワシ、ヘチマ、鳥の羽根、ガラスのかけら、貝殻、モール、鐘、メガネ、ハンドバッグの口金、木の根っこ、木の実、サラダ・ボール、泡立て器、時計、機械の部品、帽子、雲母、クリスマス用の電球、理科の実験道具、サモワール、コウモリ傘の骨、ナイフ、フォーク、洋酒ビン、人形のベッド、魔法ビン、ベル、小石、コルク、アルコール・ランプ等。

接着剤は、材料によって異るが、ほとんどはエポキシ系（二種を混合する）を使う。ガラスのものは、押しても引いてもびくともしないくらい強力に接着する。あとは、ローソクをたらして補強したり、クリヤ・ラッカーをかけたりする。

着色は、マジック・インキ、エナメル、プラカラー、ビアンカラー、マニキュア液、口紅、ペンキ等、材質によって使い分ける。

作り方は、集めてきた材料を、一面にばらまいて、イメージの湧くにまかせて、つなぎ合わせ、重ね、ねじり合わせ、クロスさせ、ぶらさげるだけ。

たとえば、グラスの上にグラスを逆に重ね、その上に、玉子うきをのせ、玉子うきには目玉を描き、アクセサリーをつけ、つなぎ目にローソクをたらして、着色する、という具合。あとは、その場その場で工夫をこらしてゆく。

木製のサラダ・ボールのなかに、細い針金でつないだ無数の美しいガラクタをつめ込んで、小さなクギで止め、さらにビーズやパールやガラスの破片を散りばめて、コンビネーション・サラダを作る。それを深紅のガラスでできた航海用ランプの上にのせると、「ソクラテスの妻・クサンチッペ」。

洋酒ビンの口にピンポン玉をのせ、冠と長いヒゲをつける。針金で手をつけて杖をもたせる。全体にローソクをたらして、部分的には、アクセサリーをつける。最後に、金、銅色のプラカラーで着色して、木の根っこに結びつけると、「長老」。
こうして、自分自身で楽しみながら作っていると、必要にせまられて次々と技術がそなわってくるので、やめられない。

『美術手帖』一九六五年七月号　美術出版社

銀板写真の肖像画

ハタチ前後に身体をこわしてからというもの、油という油に拒絶反応を示しはじめ、トンカツをかじると衣の中にすきとおり気味の白い脂身がぐじゅっとあってゲー、ラーメンのおつゆに二重三重にギドギドする油をみてはギョー、そのうち自分だけでなく他人が食べるのをみてもオエーとなって、脂身を好んで食べる男などそれだけで信用できない気持に陥ってしまうようになってしまった（最近ＰＣＢは脂身に集中するときいてうれしくてしょうがない）。そういうわけで水彩やエンピツで絵をかいても油で絵をかくなど考えたくもなく、かつ、否定的であった。それとももう一つ三次元のものを二次元にうつしかえることの不思議についての答えがみつからないまま、三次元のものを三次元で作り続けて十年がたった。

ある時古い外国の銀板写真を数枚ながめているうち、ハタと気がついた。アレ、これは二次元ではないか、これをそのままうつしかえれば問題は一方的に一時的に解決するわけだ。それにどんなに穴のあくほどみつめても、写真だと写っているものだけかけばすむ。実物だと、遠視のせいもあってほこりや毛穴までみえてしまってどこまでかけばいいのか限界をきめるのが困難だ。おまけに光線は刻々変わるし、生き物は動くし、植物は枯れる、食物は腐る、人物はつかれるし、考えただけでこちらも疲れる。

そこでさっそく渋谷の絵具屋にすっとんでいって油絵のかき方をきいてみた。若そうな男の店員が「あんた水彩画かいたことある?」というから「もちろん」と答えると「水彩は水で絵具をとかすよね。油絵は油で絵具をとかせばいいのよ」といった。思った通り。ああこんな簡単だったのかと必要な材料を教えてもらってかき集め、キャンヴァスは百号を注文した。「あんた百号ってどんな大きさだか知っているの? サムホールにしたら?」といじ悪そうに忠告するので「知ってるよ。一坪くらいあるんでしょう」と言いながら、何が何でも人物を実物大にかかなくっちゃと思いつづけていた。それで生まれてはじめてかいた油絵は、豆粒くらいに写っている銀板写真の老婆二人と一人の老人の百号であった。もっとも木型屋の名人のおじいさんに特別注文した額縁が寸法をまちがえたので、キャンヴァスの方をひきのばして百二十号位の大きさになってしまったけれど。

あれから丁度二年目の今、相変わらず写真をみては肖像画をかいているが、百号などに立ち向う元気も勇気も実力もない。無知であるということは本当にいいことだ。少しでも知り始めると目の前があまりに茫漠としてきて最初に喜々としてふみ出してしまった足もついもつれがちになる。

『芸術倶楽部』一九七三年一〇月号　フィルムアート社

グラニュー糖の日々

もう何十年となく私の中に降りつづけているものがある。私生活において時折訪れる喜びの時も、殆んどのかなしみの時も、間断なく降りつづける何か。かわりない速度、色、その形態。あれは一体何なのだろうか。上から下に降りつづける。いつか舞い上ることもあるだろうか。吹雪のように。

今年の5月に入ったある日、私は唐突に絵を描くのはもういやだ！と激しく思った。6月ごろの病いが再発したのだ。18で上京し24でオブジェの個展をはじめてやって30でやめてその日からいきなり油絵を描きはじめ個展をやりつづけて今年36。もう絵は描きたくないと思ったあくる朝早くポラロイドで写真を複写した。シシースパセックの顔を、接写レンズをつけてできるだけアップにして。まわりにブルーの銀粉をふりかけて。出てきた画像を見て私はショックを受けた。朝の光は画像をブルーにするけれど、そのブルーの彼女の顔にブルーの銀粉の輝きがとてつもなくよく似合っていたのだ。だが存在感はまだ弱かった。ポラロイドで銀粉を使った作業をその日から開始した。フィルム代が高いのでとりあえず借金する。絵をやめた頃から皮肉なことに絵の仕事が忙しくなってきた。とてもつらくて手が動かない。心ここにあらず。でも現実は子供達二人と自分の生活をたてなければならぬのだ。理性は絵を描けといい、心はやめとけと叫ぶ。つらい日々の中の喜びの時が続く。新しい何かが生れようとする予感に充ちた日々。私の一番好きな瞬間。連日夢遊病者のようにポラロイドをのぞく。午前中の光の中で写した色はブルー。午後からはセピア。曇りの日もセピア。ブルーランプをつけてもセピア。私はセピアはいやなので午前中のそれも快晴の日しか撮影のチャンスはない。朝、上の娘を学校へ送り出すとすぐ撮影にかかるが、曇っている日など写したいものがカタマリになってある時など、思わず地団駄をふんでしまう。それでもがまん出来ずにジャンジャン写すのでセピアのものも随分と多い。途中から銀粉に見切りをつけグラニュー糖をふりかけてみた。その時生れて初めて自分以外の人ともコミュニケートできる媒介を発見した、と思って嬉しさの余り手がふるえてしまった。それ以来毎日のようにグラニュー糖をふりかけた顔の複写にあけくれた。私が欲しかったものが、この小さなポラロイドの四角い中にみるみるうちに浮び上ってくる。この画面を大きく拡大してみよう。とりあえず手持ちの8ミリを使ってサウンドも入れて。おそらく幼くたどたどしい作品となるだろうけれど、私のはじめての自信作なのだ。それも出来上る前から。どんどん借金した。なにしろ熱意のあるアプローチなので誰もことわれない。10万づつ11人から借りた。もう借りられる人は多分いない。明日からどうするつもりなんだろうか。まるで自分のこととは思えない。楽天主義もここまでくれば普通ではないと人から云われた。それでもたったこれだけの小さなスケールのことで悩まなければならない私の経済状態。この貧しさは害毒以外の何ものでもないだろう。お金が欲しい。心の底から。

8ミリの映写機でスクリーンに写す時、私の中にふりつづけている何かを降らせるつもりだ。多分グラニュー糖を使って。6月の中旬から友人のスタジオを使ってフィルムの製作にかかるけれど、一番の問題点は音である。私が聴いてきた音の中から選んでいく以外に今のところ方法はないけれど、この次からは聴かなかった音も探しつづけることになるだろう。音を探して創ること。私の未開拓の領域に一歩足を踏み入れた記念すべき年です。1977年の春。

話はまったく変りますが、春というと思い起す一つの情景。終戦直後の長い砂利道を、私と妹がおそろいの青いアサガオの大きな花を染めぬいたまっ白なワンピースを着て歩いている。たった一つの外出着。ひんやりとした感触の、今でも着ていたい夢みたいな服だった。自転車に乗った男の先生が追いかけてきて私達のうしろで止り声をかけた。そして自転車をひいて歩きながら、努めて遠まわしに傷つけないようにと心を砕いて眼鏡の奥から私に質問をくり返した。「あれはどこかで読んだことのあるうたではないかな。きっと自分でこしらえたと思い込んだんだよ。あんまり気に入ったんで……」。私は無言でおし通した。あれは私のものだ。ひとの作ったものではない。そう思いながらふるえる足で長い道をのり切って家まで辿りついた。盗作第一号。小学一年生。詩の時間だった。その頃詩といえば私にとってそのうたのことでしかなかった。それでそれをさらさらと書いて提出した。先生は腰をぬかして驚き、すばらしい才能を持った子がいると校長室へとんでいった。3日間ばれなかった。ある少女雑誌の巻頭にのっていたそのうたは次のようなものであった。

〝あさつんでよるひらくはな　あたしのふとんのそれはばら〟（私はこのあたしというところが気にくわなくてわたしと訂正した）

今でも自転車に乗った男の人が後ろで止ったりすると恐怖ではりついてしまう。おまけに眼鏡などかけていたらもう、しまった！と思うばかりである。

『rock magazine』九号　一九七七年八月　ロックマガジン社

リアリズムとは

それほど大事にしているわけではないのにもう20年近くも持ちつづけている1枚の印刷写真がある。10回以上の引越しで、見当らなくなった品物を探すためあちこちひっくり返しているうちに、いつもふいと意表をついて現われる。ハラハラと、何かの本の頁の間から夏の幽霊のように床にこぼれ落ちると、私はその度に息を殺して拾い上げる。田舎のほんのまだ少女だった頃の写真雑誌の中の1頁を。

小高い夜の丘に手をつないで茫然と立ちつくす母と幼い娘の逆光のうしろ姿。裸足の足もとの向うは、多分嵐のあとの夜の海であろう。風になびいた母と子の金髪が、心もとなく微かに光る。何百という小さな悲しみのガラスのように。

中学生だった私は、この何か事件のあとのような1枚の写真を切りぬき、悲劇の現場写真としてノートの間にはさんで、誰にも内緒で持ち歩いた。平穏で単調な生活を送っていた私にとって、そこにはなぜか人生の予知のようなものがあって、おののくような憧れと不安にみちた愉しみが感じられた。もしかしたらこれがそのまま私の未来の一場面なのかもしれぬと。夜更け、オレンジ色の電気スタンドの下で何時間も眺めていたりした。

20年もたった今、私はあの予感が的中したことに妙な喜びとうしろめたさを同時に感じる。昔、映画の中のできごとのようにひそかに憧れたあの世界が、もはや現実のものとして手の中にある。とうとう私の人生の原景となってしまったよれよれのあの写真こそが、今の私にとってのリアリズムなのではあるまいか。

その頃からずっと今まで、映画や写真には特別に心ひかれて過してきた。オブジェを作り始めてから10年の間、立体のものしか作らなかったことについて、最近になって時々考えてみるが、人物や風景などの三次元のものを、二次元の紙やキャンヴァスに置きかえることが、どうしても不思議でむずかしい問題であるかのように思い込んでいたせいではないかと思われる。

ところが3年ほど前のある日、古い銀板の写真を眺めていて、三次元の人物が二次元に印画されていることにハタと気づいた。この写真をそのままキャンヴァスに写しかえれば、つまり問題は一方的に解決がつくではないか。そのまま単純に喜んで、写真を見てはキャンヴァスに写しかえる作業に精を出した。けれども写真をそっくりキャンヴァスに写しかえるということにも、写しかえられた絵自体にも、私にとってそこには何らのリアリズムもあり得ない。たくさんの写真の中から心ひかれる1枚を選び出す、そのときの予感や記憶だけがリアリズムであるといえばいえるのかもしれぬ。しかも現実の事物や人物ではなく、世間一般に絵空事とか三文小説とかいわれるドラマを演じた女優や男優の、どこか古ぼけた写真の横顔や、そのポーズのとり方などに痛ましい美（リアリズム）を感じたとしても、それはドン・キホーテにとって事実が真実の敵であったように、私にとっても当然のこととして肯定できるように思われる。

私は、喜劇に転化できないような、のっぴきならない純正の悲劇が好きである。

この世の境をひょいとまたいで越えた日に、別の世から眺めた過去の私のこの世の姿は、もしかしたら1枚の写真のように印画紙にはりついているように見えるかもしれぬ。回り燈籠のようにまわるその古ぼけたアルバムを見ながら、あのように悲劇的な人生に憧れを持ちつづけて、絵など描いて死んでしまった自分の姿に大笑いしてひっくり返ってみたい。喜劇もいいとこ。でもその時、印画紙にはりついた私の姿は絵に描きたいように心ひかれるなつかしい姿であればいいと思う。そうしたらきっとまた、私はそれをそっくり絵に描くことだろう。その時こそ、これがリアリズムであるといいきれる絵が描ける時であろうと思う。

『みづゑ』一九七四年七月号　美術出版社

「あなたにとって〈リアリズム〉とは…」というアンケートに答えて

中国の不思議な役人――美術

十二月末日――上海の裏街が舞台で、十三景で、すべてがイラストレーションの書き割りで、と決った時、イケソーという気持と、もう駄目という気持が絡みあって食欲をなくした。

本格的に舞台美術をするのは初めてだし、止めるんだったら今のうちだと一瞬考えたけれど、そのことはすぐ忘れました。私はうかつにも一幕ものでアブストラクトでやろうと勝手に決めていたので、「アブストラクトは僕きらいョ」と寺山さんに軽く言われた時はただだらなだれるばかりでした。

一月末日――上海のイメージとして〝湯気と犬と影の街〟、〝半分はあちら側、あとの半分はこちら側の世界〟なのだと結論を出した。

二月初め——一日のびる毎に、寺山修司の要求するものは一日二つの割合で増えていくので、こんなことはとうてい不可能だとわめくと、「演劇の世界は地獄だよ」とからかうので、それではちょっとその地獄をのぞいてみよう、と土壇場にきて好奇心がわいてきました。

『劇場』16　一九七七年二月　PARCO出版

バルトークの青ひげ公の城――美術

青ひげ公の城。ジャンヌ・ダルクにふられた（？）ジルドレー侯のイメージだとすれば、どうやら私の好きそうなテーマである。というよりは、あんまりジタバタしなくてもすみそうな感触である。と思ったのは最初のうちだけ。犯罪の匂いとロマンの香り高き色男などそうめったにいるものではない。頭の中を飛び交うイメージの断片と、それを紙の上に現出させる作業（ポスター）との落差にまずつまずいた。剃りあとも青き、ぞっとするような冷たい美男にするか、苦悩の色のにじみでた半分美男にするか、等々。だがもう9月になっている。ただでさえスケジュールが遅れているので、ゆっくり考えてるひまもありません。それに、このところ寺山氏ずっと渡米中。いつ帰国されるのでしょうか？ストーリーはいつでき上るのでしょうか？だれにたずねても答えは「わかりません。」出来上ったポスターは、上下左が大きくカットされていて、私の描きたかった人物のまわりにただよっている気配みたいなものが消えていて大ショック。気にしているのはこれを描いた私だけらしく、客観的には何らさしさわりないみたいなのが又ショック。しかしこんなことで悩んでるひまもない。9月もとうとう終りそうだ。こんなに遅れていていいのだろうか。でもストーリーができなければ、舞台のイメージも考えられないのだ。と半ばやけ気味でのどかな日々を過ごしていた。

とうとう10月が来て、ついにあらすじのストーリーが出来上りました！　あと一週間のうちに、14景の舞台の下絵を何十枚も描き狂わなければならない。いつもの調子でやっていたのでは4ヶ月たっぷりかかるだろう。一日はなぜ24時間しかないのだろうか。こうなると、とっさの思いつきを期待する他ない。錆びついた頭もフル回転しはじめ、どうやら迅速な方法を考えついたようです。

画家として一人で画を描く場合と異って、総合的な場で一つのパートを受け持って、全体としてのバランスを考えながら創りあげていく時、一種独特のボルテージの上げ方があるのを発見し、ああこういうことがあるから面白くてやめられなくなるのかもしれない。と一人納得している状態です。

『魔術音楽劇　バルトークの青ひげ公の城』一九七九年一〇月　ＰＡＲＣＯ出版

盗品と拾得品のオブジェ

四十年も生きてきたわりには、時効にできない話は相当あっても、面白い時効の話がないことに気づいてがっかりしてしまった。今後は改心して、時効後に呆然とするような話の一つ位は語れるように、しっかりがんばるつもりである。

パンチは全然ないけれど、美術界の西も東もわからない二十四歳の時の、はじめてのオブジェ展のことを思い起してみた。

当時、柿の木坂の小さな下宿の部屋で、廃物に埋もれて妙なものばかり作って収拾がつかなくなったので個展を開くことにした。今はない銀座のG画廊の一階と二階に陳列したものは、九十%が盗品と拾得品で成り立っているオブジェの群れであった。その中で、白いブラウスと水色のスカートを着た可憐な少女風の女が立っている写真が手もとに残っている。当然それは私なのだが、盗品の山に埋もれているにしては後ろめたさのかけらも感じられない。居直っているわけでも、欺いているわけでもなく、全く無邪気そのもの、アラブ人みたいなのである。そういえば、エジプトへいった時、まるでふるさとに帰りついたように暖かくなつかしく感じられて大いにリラックスした、というのもその辺に接点があったのかもしれない。

盗品の方は、主としてレストランのガラス器や金属器、横柄で憎たらしい店の品物。くやしかった思い出は、八重洲口のレストランに粗暴この上ないウエイターがいて、しかもテーブルの上にはチェコグラスの場ちがいにチャーミングな水差しが置かれてあったので、さっそく私はその水を飲み干しにかかった。あと一歩で私のものとなる瞬間、水が一杯つまった新しい水差しと取りかえられてしまったことである。

品物を持ち帰る時も、ことさらに隠したりせず、ごく普通に手に持っていたり、バッグをあけて入れたりするのだが、もともと盗んだという意識がないせいか、とがめられもせず、個展が開けるほど収集できた。

拾って歩く方は、もうその頃はベテランであった。バッグの中には、軍手・レンズ・懐中電灯・糸ノコ・ねじ回し・ハサミ等々の七つ道具は常に携帯していたし、終戦後の焼け跡を大きな磁石をひきずって、折れクギや砂鉄を集めながら登下校していたころからの収集癖のおかげで、自動車事故現場のフロントガラス片の集め方、火事場の跡の溶けた受話器、アイロンの中の雲母、テレビジョンの中の銅線のかたまり、動物の骨、へビ皮のなめし方などはマスターしていたので、日常的に軽くこなせた。

申しひらきに困った思い出が二つ。一つは小学校の頃、十銭のアルミニウム貨とクギを電車のレールに敷いてつぶし、クギで十字架をつくり、アルミニウム貨で囲りをかこんで針金にビーズを通して首飾りをこしらえ、こっそりセーターの下につけていたのが、朝礼で後ろの生徒にみつかり職員会議にかけられた時と、二十代後半、新宿で七つ道具の入ったカバンを区役所に置きわすれ、恐縮して警察に受け取りにいったら、机の上に中身がずらりと開陳されて、その用途について解説させられた時である。

オブジェについての見方も年と共に変ってゆき、ゴミやほこりまでが美しく見え、物はすべてあるがままで良いのだという感じ方をするところまでいって、突然、私はオブジェを捨てた。捨てたままでは生きられないので今度は仕方なく、気に入った写真をそのまま油絵に写しとって描きつづけそろそろ十年近くなった。そのことにも疲れが出て、目下のところインスタント写真に冷めたく熱中しているのだが、何しろこの写真は魔法のように即座に出てくるところが、こたえられないのである。また十年くらいは続けられるかどうか、お願いだから疲れないで続いて下さいというのが正直な今の気持である。

『草月』一三五号　一九八一年四月　草月出版
「時効」特集に収録

ポラロイド写真

油絵を描こうとすると、眼圧は上がる、充血してベタ赤の眼になる、焦点はぼやける、という神経的肉体的非常事態を迎え、以前から憧れていた写真に乗りかえることにした。ピント合わせにいまいち自信がないのだが、ピントを合わせなければいけない、という絶対的な理由もみつからないので、まあ楽天的に勘を働かせてシャッターを押す。メカニズムは無論のこと全く理解できず、手とり足とり教えていただいても、次回は元のゼロに戻る。カメラを見ると、すっかりアガってしまうのである。本当のところ、何のことやらチンプンカンプンのまま、手こぎ舟からメカ操作の舟にのり移ってしまい、あわててあちこちのボタンを意味もわからぬまま押して沖に出ようという、我ながら混沌とした、妙にムラムラとした気分なのである。

　それにつけても、被写体として選んだのが又しても顔であった、ということに、意外性のない意外感（ショック）を味わい、押せば写ると思っていたのに、押してもそうそう写るものではなかった写真というものに、タジタジとしながらも仕方なく接近中。

『写真時代』一九八二年五月号　白夜書房
発表時は無題

考えたこともないこと

デッサンについてなにかを書かなければならないことになってしまった。デッサンなんて日常かなりひんぱんに使われていることばなのに、考えたこともなければ、考えようとしても記憶喪失のごとく頭のなかはまっ白で、なにも浮かんでこないというありさまで、うろたえてしまった。デッサンを日本語に置きかえることさえもできない自分にも、ついでにうんざりしてしまう。

しかたなくぼんやりと昔のことなど思い返してみても、はるか遠い美術学校で、そういえばデッサンと呼ばれる授業時間などがあって、おぞましい肉体美のおねえさんが、もそもそと服を脱いでなにやらそれらしいポーズをとると、いつになく全員集合の男子学生が、くいいるような目線をひたかくしにしつつ、鉛筆やら木炭やらをうわの空で走らせる音だけが聞こえる気味悪い教室の空気を、なるだけ吸いこまないように浅く呼吸しながら、私はワリバシにえのぐをつけて一気に仕上げ、幻のように美しいロセッティのベアトリーチェの絵のことなどを切なく思い起こしたりしながら、ひたすら一時間のゴーモンに耐えたのであった。私は美術学校が美とロマンの墓場であるという現実を、四年間もかけて学びとった。

私の理解できる範囲のデッサンとは、たとえばこういうようなことではないかと思われる。

この原稿を書くためになしたもろもろのこと。「デッサンなんて考えたこともないから一行くらいしか書けませんよ！」とまず編集者にからむ。すったもんだいってそれでも撮影したりする。その間も、身体の不調や忙しさを理由に四の五のいって逃れようとしてみる。最近私は、絵画とか美術展とか画材とかガクブチなど、それに関連することばや活字を見ただけで、ほんとうに眼科や内科に通院するほどのアレルギーなので、ましてやデッサンについて書く苦痛はたとえようもない。でもしっかりことわれなかった罰として追いつめられる日がついにきた。しめ切りを一週間すぎたころからさすがに落ちつきがなくなる。半日でものばそうとしていらいらする。しかし、明朝渡す約束をしてしまった。子供たちを早く寝かせようとするが、そういうときにかぎって宿題を忘れていたりしてもう十一時である。お風呂に入って用もなくひき出しを片づけていたら、爪切りがあったのでのびてもいない爪を切ってみたりする。十二時すぎる。まんじゅうとお茶とウニとおつけものを用意して、さあ書こうとする。とたんに電話のベル。カッとして冷たい声を出したので、ふだん長電話の主も早々に切り上げてくれたが気分がこわれて、アズキアイスをかじっていたら十二時半。ああいやだなあ、朝日のしごともつまっているのでどうしても書かねばならぬ。ます目があると書けないのでワラ半紙に下書きする。私は絵は下書きしたことないのに文章では下書きするのだ。でも下書きをデッサンとよぶことはできない。つまり本番に向かって体調やら気分やらをととのえて、つまらぬことにひっかかりつつ、ついに原稿用紙に向かうまでのコントロールの四苦八苦こそをデッサンと呼びたい。

人生におけるデッサンも同じで、いつの日にか直面する事実、つまり死ぬという絶対の本番に向かうまでのさまざまを、デッサンと呼んでもいいのではないだろうか。

『デッサン　見ること描くこと』美術手帖増刊号編集部編　一九八二年一一月　美術出版社

眼

思えば、実に沢山の眼を、私は創り描いてきた。しかも何十年か経ったいまなお、食傷すらしていないのだ。今度こそ最後にしよう、といつも誓っているというのに…。このおびただしい眼の生れてくるところはいったいどこ?と、ふと考えを巡らすこともある。が、考えているうちに、何を知ろうと思っていたのかさえわからなくなってしまい、こうしめくくって立ち上る。「そのうちきっと知る時が来る」

今朝、ゆめうつつの中で、またしても、ばらの花と眼がたゆたっているのを見た。それに、いつものあのメロディーと歌も。

♪匂ひやさしい／しらゆりの／ないているよな／あの瞳
思い出すのは／思い出すのは／エデンの園の／あのひとよ

という、北上夜曲の替え歌で、２番は、

……しらゆりの／咲いているよな／あの瞳…

なのだが、これがまあ、涙なくしては聴けないほどの、なんともいえないかわいらしくもやんごとない美しさ愛らしさゆかしさ、なのである。

ところが、夢から醒めると、きっと描けそうだったはずの、よろこびの漣（さざなみ）のなかのばらも眼も、私の手からすりぬけて逃げてしまう。

私は、あの夢うつつに訪れてくれる至福の世界を、この現実の世界に写しとりたいのだ。色彩のゆらめきと、匂ひとメロディさえも。そのことで心がいっぱいになっている。いったいいつから、ばらの花と眼が切り離せなくなってしまったのか。まるで、ばらと眼は合体しようとしているかのようで、「恍惚としたひとつの貌（かお）。混じりあうこと混血。」などと告げたりもする。

私達の住んでいるこの次元は、見る次元ともいわれていて、人生で私達が共通して求めていることは、見たい・見られたい、私はこゝにいます・私を見てください、ということなのだ、と云った人もいて、画家のルドンも「花は、進化の最初の段階のひとつを表わし、眼は、最後の段階を表わす。」といっているではないか。

宇宙図鑑を見ていたら、生れたばかりの星は、ばら星雲とよばれ、年老いて超新星となるとき、星は眼玉のようになる。ということに気づいた時、私は、ルドンはすごい！とドキドキしたものだ。

以前、娘2人を連れてエジプト南端のナイルのほとりに住んでいた時、こゝは眼玉の王国だと気づき、「眼玉のハーレム」という本の序文に、次のように書いた。


「眼玉のハーレム」


舟のへさきにもたれて、私は私の片眼を対岸に投げる。

対岸は、陽のあたる砂丘である。

砂丘のてっぺんの、やわらかくて手の切れそうな稜線を、放り投げた眼で、ていねいになぞってゆく。

あたたかい肌色をした砂。

とろけるようになだらかな、まぶたの丘。

私の片眼は、うっとりと閉じた熱砂のまぶたの丘を、気ままに転がっている。

ふいに、まぶたがけいれんした。

砂がゆっくりと、生クリームのように雪崩れおちる。

ななめに降りそそぐ陽光の、金色のほそい針千万本。

針先の掌の上に、クルクルとウルトラ回転する舞姫がいて、黄金色のトウシューズの尖った爪先が、まぶたの内側の、反り返った睫毛を蹴りあげている。

巨大なまぶたが、とうとう、うす眼をあけた。

まぶたの奥で、トロトロと眠りこけていたその眼は、こはく色をして、生れたての赤ん坊のように光る、大眼玉だった。

砂丘の奥で、チラリとうす眼があいたとたん、見わたせばあたり一面、いたるところ、つつうらうら、つまり森羅万象は、無傷のままの眼玉のハーレムなのであった。

私は、いそいで自分の片眼を引き揚げる。私の眼玉は、少しかすんでいるとはいえ、総天然色で事物を見ることのできる極上品なのだ。こんな極上品をお与え下さった偉大なる方に感謝をささげつつ、ホルスの眼の描かれた舟のへさきに身を投げ出して、金色にきらめくナイルの水面をかきわけて、眼玉のハーレムの中をどこまでも進んでゆくのだった。

そして、はじめて砂漠にのぼる日の出を目撃したときの驚異も、忘れることができない。

手をのばせばすぐ届きそうな紫色の地平線を押し上げるようにして、くるくると回りながらのぼってくる太陽は、あたり一面にバラ色とオレンジ色の花びらをまき散らして、さながら息はずませて舞い踊る踊り子、巨大なバラの化身のようだ。

と、エジプト日記「ナイルのほとりで」の中に記述した通り、あの天空に駆けのぼっていった巨大なバラの踊り子が、よろこび輝く象徴として、まぶたと胸に焼きついてはなれないのである。

オートマチズムの現れた一九八八年、膨大な数の自動記述の他に、油彩にも数点それが現れた。「リリアンギッシュの青い両眼」を描きおえてほっとした瞬間、いきなり勝手に手が動き、勝手に絵具をえらんで猛スピードで加筆していったのだ。折角仕上ってやれやれと思ったとたんだったので、「何するのよ!」と私はびっくりした。そして、「これをレンズ効果という」ということばが降ってきた。

その後、レンズ効果ということばは、私の奥深く鎮座し、次第に何かをたぐり寄せつつあるような気がしてならない。

あげくに、右眼の黄斑浮腫による、レンズが凸凹になると、世界はどのように見えるのか、というレンズ効果の実体験までさせられてしまい、その体験もそろそろ終りに近づいたような、というより、不便この上ないので、ぜったい終らせたい！と強く決心をしている今日このごろである。

そして、眼のなかの海を
風がわたり
舟が走ってゆくのがみえた。

『「華宵会」会報　大正ロマン』第一九号　二〇〇二年二月　高畠華宵大正ロマン館

SAWAKO·GODA

第二章　原風景

はじめてかいた詩

終戦後、八畳一間の焼け跡の一軒家に、九人の家族と共に寝起きしていたころのことである。遊びといえば、丸焼けになった隣家の地下室の跡に雨水がたまり、そこに落ちて溺れかかっているねずみを、さおの先にダシ雑魚を糸でしばってつったり、線路にクギをおいて逃げたりするぐらいが関の山であった。

祖母の帯芯でこしらえたランドセルをしょって、バケツと大型の磁石を地面にひきずって、私は登校していた。

小学校の運動場のすみに池があり、二宮金次郎の銅像が立っている。何しろ、大勢の人の前や広い場所に出ると、怯えてしまって教室に入ることさえできない私は、授業の間中、いつもその銅像の下に坐って、囲りに植えてあるそてつの、フワフワしてうす茶色をした綿をつんでバケツに入れ、保健の先生に渡すのだった。当時、そてつの綿は血止めに使われていたので、先生は喜んでくれた。「今学期もついに口をききませんでした。給食だけは普通に食べます」と当時の通知簿には記されている。放課後、生徒が全部帰るのを待って、今度はいちょうの樹の下へ行き、大きな毛虫をつかまえてバケツに入れ、別の先生に渡す。この毛虫からは、釣糸に使うテグスがとれるのだった。帰り途、大きな磁石をひきずって歩くと、砂鉄やクギなどが面白いようにとれた。それをバケツに入れて近所のおじさんに渡した。

そんな教室恐怖症の私が、理由は忘れてしまったが、珍しく机の前に坐った。初めての詩の時間だった。私は詩の何であるかも知らないまま、「あさつんで　よるひらくはな　わたしのふとんの　それはばら」と書いて、逃れるようにしてまた池のすみに戻った。何週間か前に、少女雑誌の扉で出会ったこの詩に感動のあまり、ものの見事に同化してしまい、これが他人の詩なのか自分の詩なのか判らなくなってしまっていたのである。私はこの美しい詩が、私の心から湧き出てきたことばだとしか思えなかった。次の日、先生と校長先生は、これは天才的な詩である、とほめた。私はびっくりしてしまったが、もちろん盗作であるなどとは夢にも考えつかない。

数日後の放課後、眼鏡をかけた先生が、池のそばまできて、非常にやさしい声で、いっしょに帰ろうと声をかけた。

私はうなずいて、自転車をひいてゆっくり歩く先生と並んで歩いた。川の土手の上までできたら、先生はいった、「この前の詩、ほんとうにいい詩だったね。先生も大好きだよ。でも、もしかしたら……。思い出せるかな。どこかで読んですっかり気に入って、何度も何度もくり返しているうちに、自分でかいたのかひとがかいたのかわからなくなってしまったんじゃないかなあ。もしそうだったら、いま先生にそういってごらん」。

私は何もいわなかった。何もいわないまま自転車を押してゆっくり歩く先生と並んで、うすい白地にうす青い朝顔の花が二、三輪ゆれているワンピース姿で歩いてゆく自分を、そのときずっと立ち止ったまま見送っているもう一人の自分が後にいるのをはっきり知っていたのだった。

『草月』一四一号　一九八二年四月　草月出版

眠りの森の象姫

私は、味噌屋の前にゲタばきで立って、試験管のアイス・キャンデーをなめていた。カンカン照りの、焼け跡の電車道である。

一家九人が、折り重なって寝おきしていたトタン屋根のバラック建てにも、いよいよおさらばしようかという、わが家再建計画の最中だった。

街中につち音が響いて、妙に明るい活気が漲っている、真夏の終戦一年後の、高知市内。

味噌屋の横の空地には、闇夜のように黒い石炭ピラミッドがあって、毎朝毎夕、上半身はだかで汗みどろの御主人が、スコップをふりかざして、燃料である石炭ピラミッドの突き崩しに励んでいるのだった。

この味噌屋は、夏場はアイス・キャンデー屋に早変りする。

私は、今にして思えば蛍光灯のようにやるせない匂いのする、ここの試験管アイスが大好物だった。

その、うす青いアイス・キャンデーをたんねんに味わっていた私の目の前に、ものすごい音を立てて、大岩を積んだ二頭だての馬車が急停車し、一頭の馬が口から泡を吹いてバッタリと倒れた。

激しく腹部が上下して、四肢は断末魔のケイレンをしている。

いきなり御者台から飛び降りて、味噌屋へ氷を買いに走った大男を見て驚いた。なんと私の祖父ではないか。

馬の頭に大きな氷柱をのせる。孫娘の私もあわてふためいて両手で氷をおさえた。みるみるうちにとけてくる氷のかたまりの下で、長いまつ毛がふるえている。氷がレンズになって、実際よりもうんと長いまつ毛に見える。海の中でコンブを見たときのような不安な大きさだ。

大きな目をした馬は死んだ。

進駐軍が四、五人やってきて、人だかりをかきわけ祖父を引っ張っていった。

当時、進駐軍はハイカラだということで、私たち子供の間では憧れの的だった。よく軍の金網にぶらさがって「チューインガム！　チョコレイト！」と叫んだものだ。

動物虐待の罪に問われた祖父は、二、三日帰らなかった。あの大岩を何の用途でもって運んでいたのか、詰問されたらしい。

大岩は、庭に置くため、はるばる県境の山中から掘り出してきたものらしいが、家も建たないうちから岩探しに血まなこになっている祖父に、家族はあきれて文句もいえない。

家を建ててしまうと、通路が狭くて岩が通れなくなるというのが、祖父の弁明だった。ともかく、山の畑を耕していたら岩にぶつかり、耕作のさまたげになったので降ろしてきたと苦しい釈明をして、やっとお許しが出たものらしい。この終戦後のドサクサに庭石うんぬんのゼイタクは×である。

子供達は大喜びだ。風蘭や苔を岩のくぼみに植えつけ毎日毎日水をやって育てた。そうやって手塩にかけているうちに、よそよそしい顔つきをしていた岩も、どうやら居坐ったらしく、無事苔むしていった。

で、それ以来というもの、記念撮影は必ずこの岩の上で行った。

ずっと後になって移転した際も、台所と玄関を壊して無理やりお通りになり、庭の中央、池のそばに鎮座してしまった。

それからも祖父の岩狂いはおさまらず、次々と岩は運び込まれた。

あれほど沢山の岩が、どこにどう収まったのか、なにはともあれ我が家の庭は、氷山の一角のように地面から顔を出した岩々で埋もれているのだ。

だが、どの岩もはじめて山から降ろされてきたあの大岩には太刀打ちできなかった。

大岩は、いつも安眠しているようであった。いつまでたっても王子の迎えに来ない眠りの森の象姫みたいに。

いっしょに河原へ行くと、野草ばかり採集するすぐ下の妹は、疲れると庭の松の木に抱きつくとヨイといい、石ころばかり拾い集める私は、大岩に抱きつくと疲れがトレル！といい張って、互いにゆずらない。

石や岩は考えごとをしているにちがいない、と私は自信をもって思っていた。

今でも、岩肌を持つワニやトカゲの仲間に出会うと、「まあ！　お久しぶり……」と、思わずすり寄っていってしまうほどなのだ。


その頃、室戸岬の近くの県道のはずれに洞穴があり、その中に棲みついている男がいた。

夏休みになると、市内に住んでいる私達家族はバスに乗って、片道四時間かけて室戸岬の荒波を見物しに出かける。

バスの窓から、例のほら穴の男を見るのが秘かな愉しみでもあった。

青い貫頭衣のようなボロをまとった岩窟王は、めったなことでは姿をみせなかったが、夕暮時などは、穴の奥にあたたかいオレンジ色の灯がともっていることがあった。きっとあの洞穴の奥には、テーブルやソファが置いてあって、ぎっしり並んだ書棚の前で湯気の立つお茶を飲みながら、難しい書物など読んだりしているのだと、勝手に空想の翼を羽ばたかせて、ワクワクしてしまうのだ。どっしりとした赤いペルシャじゅうたんなども敷いてあるにちがいない。

この時以来、私の理想の住いは、「岩窟」になってしまった。岩棚をくりぬいて寝床をつくり、ローソクの明りをともして壁に絵を描く。毎日こつこつとテーブルや戸棚を作り、夢のような生活がくり広げられるのだ。

そういうわけで、洞穴の前を通るたび、私の目つきは変った。

室戸岬の突端に立って、強風にあおられながら沖を眺めると、幾重にも連なった黒潮の荒波が、アコーデオン・プリーツになってかまくびを立てて襲ってくる。波のてっぺんは、逆光を受けてエメラルドグリーンに透けて輝く。

いつか見た、白馬になって駆けてくる西欧の海の絵も思い出したりしながら、「ワーレはウーミノコ、シーラナミのー」とか「ウーミーはヒロイーナ、オオキーイナー」とか、思いきり大きな声で歌って、すっかり元気いっぱい満ち満ちて身体の方はクタクタになって家路についた。


さて、時は流れ、子供だった私も大人になり、子供を二人産んだ。

田舎では、祖母の留守中、ガールフレンドの近所のお婆さんと喫茶店でデートをし、出て来たところを車に轢かれ、倒れたところを再び別の車に轢かれて、粉砕骨折をしたにもかかわらず、奇蹟的に全快して山登りまでした祖父も、九二歳で脳の手術をして、ついに寝たきり老人となってしまった。

看護疲れで同い年の祖母も倒れた。

私はお見舞と看病をかねて、夏休みに子供達を連れ、久しぶりに帰郷した。

なつかしい庭には、あの大岩がぐっすりと眠りこけている。

ふと思い立って、昔よくやったように大岩によじのぼり、象使いのようにまたがってみた。三〇年ぶりだ。あの頃の日々が甦るような気がして、センチメンタルな気分であたりの景色を眺めていた私は、ふと変なことに気づいた。

あの頃とまったく同じなのだ。おかしい。三〇年も経ったというのに。三〇年の間に私は随分成長した。脚の長さだって、もとのままでいるわけがない。

それなのに、あの時と寸分違わない。両足を広げていっぱいいっぱいだった岩の横幅が、今でもいっぱいいっぱいなのである。

キャー！　ウソー！　と私は心で叫んだ。

血が逆流して、胸が早鐘のように鳴る。

岩がふとっている！　じゃなきゃあ私がフリークなのだ。

ふとる岩や、歩く岩、はては子を産む岩のことなどは本屋で立ち読みしたこともあるけれど、現実に我が身で体験することになろうとは……。

心臓が破けそうになった私も、立ち直りは早かった。

ものの一分もしないうちに、そんなこと、トーゼンじゃないの、あわてた私がハシタナイ。育っても太ってもあたりまえ、何の不思議もないほどの、不思議なパワーを持った大岩さんだったもの。

ひとり納得した私は、しずしずと大岩から下りた。

都会に出てもみくちゃになり、忙殺された日々の向うに押しやられていた田舎の岩が、その日以来また、近親者としてカムバックした。

のみならず、がぜんクローズ・アップで迫ってくる時もある。

日本の国家である君が代を聞いた時だ。特に深夜のＮＨＫテレビの終りの時が激しい。ヘンポンと翻える日の丸におおいかぶさるように、あの岩がＴＶの画面に見えかくれするしまつ。

さざれいしのいわおとなりて……という一句が、子供の頃どうしても納得できず、いわおが砕けてさざれいしになるのが正しいんじゃないか、と随分長い間悩んだものだ。

悩みはとけたが、岩のそばにあった祖母の丹精こめた白梅が枯れると同時に、祖母が死んだ。

次の年、後を追うように祖父も死んだ。祖母九四歳、祖父九五歳であった。

百歳以上生きると祖父母はいい、皆もそれを信じて疑わなかったので、思わぬ早世が無念だった。

こんどお墓まいりに帰ったら、もう一度あの大岩にまたがって、祖父母の死後に変化をたしかめてみたいのだけれど、何だかもう二度とそんな日はこないような気もする。


『季刊写真時代21』一九八四年八月号　白夜書房

記憶の中の日々

ことしもまた、夏がきた。テレビのＣＭが、風鈴や海や冷しそーめんを次から次へと映し出してゆく。ふと、思いきり派手な造花のひまわりが、背景にちらつく。その黄色い花が、ハレーションをおこしながら私の記憶の入口をノックした。ハテナ？　ハテナ？　ひまわり。暑い昼下り。リヤカーに乗った5歳の私と妹ふたり……。

あれは、疎開先の香川県のできごとだった。軍港の呉で軍艦ばかりを眺め、焼夷弾をくぐりぬけては防空壕に飛び込む防空頭巾の日々からワープして、のんびりと明るい「ダンノイケ」という大きな貯水池のある別天地の、種もの屋（今では「種苗店」というのだろうか）の離れに移った。裏庭の塀の手前で、２本のひまわりが花を咲かせようとしている頃だった。毎日なんとなく眺めていた私には、このひまわり達の様子は何だか妙であった。伸び急ぐというか、異様な速度で背のびして、２本が先を争う様子なのである。ある日はたとひまわりの気持が手にとるように判った。「この黒い塀を越えて、向こうの景色を眺めてみたい」。あっという間に2m近い塀を越えて、近所でも評判のノッポになった。でも折角越えた塀の向こうには2階建ての家があった。ひまわりはがっかりして又それも越えようと思った。悲劇的な気持のまま伸びつづけていたけれど、以前のような元気はなく負け戦に出てゆく兵士のようで、私はひまわりの前を通る時はうつむいて通った。むろん二階家の向こうをのぞけるはずもないまま終戦となり、私達人間は荷物をまとめてリヤカーに乗せた。私はリヤカーに後向いて坐り、ひまわりの兵隊さんにさよならを言った。丁度向こうむきになっていたひまわりが、その時2人いっぺんに首をかしげるようにゆっくりとこちらを向いたのだ。私は心臓が止まりそうになった。「ひまわりが2つともこっちを向いた！」と何度も叫んだけれど、髪ふり乱した大人はそれどころではなく、ごった返す駅につき、窓から折り重なって列車にとび込む。汗と怒号の中で押しつぶされそうになりながら、私はあのひまわりのことを思いつづけ凍りつくようにして祖父の待つ高知に辿りついたのだった。

『Free』一九八三年一〇月号　平凡社

写真集『日本の軍艦』

七十年代の始め、私の部屋の天井に近い壁には、アカプルコの巨大なエイが数匹、海面高く舞い上っているモノクロームの写真と、戦艦大和が、波をけたててすべるように全力航走している、やはりモノクロームの写真が、横に大きく引き伸ばされて、二つの海が、夏の海と冬の海が、一つの海の続きであるかのように、貼り合わされてあった。

友人のカメラマンが見つけてきてくれた、「日本の軍艦」という写真集から複写して、拡大したものであるが、そのころまで、私の軍艦に対するノスタルジアは、まだ、最近のように完全に胸の奥深く閉ざされたものではなく、わりあいストレートなものであったし、そういう自分の軍艦好きの一面も、大層気に入っていた。あたたかいストーブのかたわらで、熱いココアなどを飲みながら、この寒々とした海面を、かきわけて疾走してゆく戦艦の写真を眺めるときの、えもいわれぬ陶酔感は、何ものにも代えがたいほどであった。

太平洋戦争の末期になって、目前に港を見おろせる軍事港の呉市にいた私は、なにか妙な、予感のような、圧迫され、せきたてられるような、漠とした不安を感じるたびに、家から裸足で外へ飛び出し、小高い丘の上に立った。そこには必ず、灰色の空の下の灰色の海の、はるか彼方の四方八方から、白い波をけたてて、戦艦の群が、この港めざしてひたひたとおしよせてくる、音なき轟音が、おおいつくしているのだった。

曇天の日にかぎって、ふいに出没するこの艦隊によって、「幻の如く」という、言葉ぬきの実感だけを、四才で私は体得した。

始めもなく、終りもない、記憶の海の波をかきわけて、ふいにあらわれる、この艦隊の幻にとらわれていたころから七年が過ぎて、今は、部屋の白壁にはもう何もない。

この文章を書くために、久しぶりに、ほこりのつもったこの本を開けてみると、重く、暗く、胸をかきわけてくる何かがあった。妙にあわてて私も走った。戦艦よりも速く。追いつかれることはもうないだろう。


『写真集　日本の軍艦』福井静夫著　ＫＫベストセラーズ　一九七〇年

『草月』一二五号　一九七七年一二月　草月出版

白

夕食のあと、火鉢で好物のするめを焼いていたら炭火がはじけて左の眼に飛びこんだ。ぎゃっと叫んで鏡を見ると、なんとあの黒かった瞳がなくなってただのまっ白な目玉になっているではないか。すっ飛んでいった眼科医は特別に大儀そうにピンセットをつまむとペロリと皮をむくように目玉にできていたらしい薄い膜をはがした。すると手品のように元通りの黒い瞳が現れて、もちろん薬もつけてくれない。失明だ絶望だとあたふた悶々としていた私は、肩すかしをくって裏切られたような気分になってなんとなくぶらぶらしながら家に帰った。道々「むぞうさ」という言葉が浮んでは消えた。

翌朝、白米のごはんや白い陶器のお茶碗がまぶしくて涙がとまらず、サングラスをかけて中学校へいった。ノートをはじめチョークブラウスみんな涙。そんな涙とサングラスの日々が半月もつづいて、今でも白いものを見ると反射的にまぶたが閉じてしまう。

『ビックリハウス』一九七七年一二月号　PARCO出版

秘密の匂い

祖母が死んで、はじめての夏だった。

私は、ある映画の試写室を見つけるのに手間どって途方にくれていた。ほんとうに、何度行っても見つけられない場所、おぼえられない名前、そういったものはたしかにあるような気がする。狭い通りを行ったり来たり。うんざりするほどの暑さで、とっくの昔に映画のことなどどうでもいいような気分で、ふてくされて歩いていたら、ふと、どこからか涼しげな声が呼んでいるような気配がして、振りかえった。こわれそうにうすいガラスでできた風鈴が並んでいる古い構えの店が、その前だけ打ち水されて手まねいている。吸いこまれるように足を踏み入れると、うす暗い奥の方には、いくつもの岐阜提灯がともっているのだった。切なく、やるせなく、寂しい灯りが、ゆらゆらとゆれると、月見草のおぼろにかすむ土手にたたずんで、足もとを流れてゆく川音に耳をすましていたあの頃に、とつぜん私は帰っていってしまったのだ。

まだ子供である私は、夕方いつもの橋のたもとまで散歩に出かけ、ギンギンギラギラの夕陽を身体中に浴びながら沈み尽くすのを見とどけると、犬のマルと全速力で走りつづけて家にとび込む。あわただしく大家族の夕食と入浴がその後につづく。すすけた薄暗いお風呂場の入口に小さな鏡台があって、そこにはシッカロールの丸い紙の箱がおいてある。つつましやかで匂うような女の人が、黒髪を耳のうしろで束ねて、胸に嬰児（みどりご）を抱いている。この絵のついた箱をいつまでも手に持って、ためつすがめつ眺めていたりするので、家族には「サワコの長風呂」といつも叱られていた。長風呂どころかカラスの行水で、顔もろくろく洗わずに、さわると火傷しそうな五右衛門風呂に（これは非常にテクニックが要るのだが）飛びこんで身体をぬらすと、すぐさまとび出して、ただひたすらにシッカロールのところに長居してしまうのだった。それから二階に上る。暗い十三階段である。私はこの階段が何より怖かった。一段一段息をころして上る。この階段を登りつめたつき当りの壁には、印刷されたカレンダーのモナリザがうす笑いを浮べて、いつものように待ち受けているにちがいない。あの、今にも伸びてきそうな手の指。名画だと先生もいうし、父もそう思っている。私はこの女の人をどうしても好きにはなれないけれど、とり外すと化けて出そうなのでがまんするしかない。でもこの難関を突破すると、妹たちの横に並んだふとんの中にもぐりこみ、少女雑誌の、高畠華宵、蕗谷虹児のさし絵をこっそりと心ゆくばかり眺められるのだ。くらやみの先の灯明のように。

祖母の使っていたクラブクリームの化粧箱。椿油のレッテル。

だれもいなくなった、だれも見ていない座敷の中で、こっそり、ひっそりとした時の中にだけ息づいていた、美しい女の人たち。絵姿というにはあまりにはかなく、かすかな草の伸びる音さえ聞こえてきそうなしずけさの中に、秘密の匂いを漂わせていた、うすっぺらな絵の中の女。粗悪な紙と印刷の彼方からたちのぼる香気。甘くやるせない、今にも泣き出しそうな人生の花の命の短さ。これらの絵師の、ないている心。行くあてもない美しさ。そんなものを一枚の絵にとどめようとした絵師の切なさが、私は好きだ。大手を振って青春を謳歌しているような、幸せそうな得意満面の絵なんか、大きらいだ。公害だ。どこかの家のかたすみで、まだ大人になる前の、少年少女の心のひだに吸いこまれていくような、ひそやかな、かすかな、見逃されてしまいそうな絵がいい。そして、そんな絵にふと目を奪われ、心ふるわせる子供たちが好きだ。

あてどなく遠い祖母や、曾祖母や、見覚えもない彼方にいる昔の女の人たち。「美人画」というイメージは、そんな命のはかなさや永遠を、一瞬のもとに感じとって涙腺を刺してしまう、過激にセンチメンタルな、そんなものである。現実や日常からも解き放たれて、時空を漂って遠い岸辺にたどりつく。なつかしい人たちの待っているあの岸辺。

うっとりと伏眼がちの美しい人たち。どこかで会った女の人たち。還らぬ日々。未来はすでに過ぎ去り、過去は未だに来ようとしない。

今は四月も半ばを過ぎた一九八二年の春である。珍しく夜明けの五時にお風呂に入る。

「ホーホケキョ」

うぐいすが鳴いた。まだ信じない。私は全然本気にしない。「ホーホケキョ」「ホーホケキョ」たてつづけに鳴いた。うぐいすは鳴きつづける。やおら私はお湯の中で身を起す。もしやこれはうぐいすが鳴いているのでは？　ほんとうのうぐいすか！　疲れ切った夜明けのお風呂の中で私はショックを受ける。こんなオンボロマンションのコンクリートの五階の窓の下で、教科書のようにはっきりと「ホーホケキョ」と鳴いてくれた、うぐいすがいる。何か忘れものをしていたような長い年月の中で、ふいに何かが目覚める。夜明けの青い光の中で私は蛍を呼びよせ、蚊帳を吊り、燈籠に火をともして水に流し、さらには雪を降らし、鐘を鳴らして御詠歌をうたう、紫色の御高祖(おこそ)頭巾をかぶったあの小さく頑固でやさしかった祖母の姿を招きよせようとしているのだった。この夜明けのふいうちのうぐいすの声が、私の中における「美人画」といえるのではないだろうか。

『太陽美人画シリーズII　夏の女』一九八二年五月　平凡社

父は月である

それは必ず曇天の日であった。妹がまだヨチヨチ歩きであったから、私は四歳位だったのだろうか。何か、駆り立てられるような不穏な胸さわぎを感じて、私は突然はだしで家を飛び出し、堤防の上によじ登る。仁王立ちになった私の前に、見渡すかぎりの海が、荒れ模様で広がってゆく。くらく、重たい灰色一色の景色。空から海から足元の砂浜から灰色がたれこめる。私は、その灰色の微妙なグラデーションをかきわけて、瞳をこらす。こうして待っていると、音なき轟音と共に、やがてあの水平線の彼方から無数の艦隊が、波をけたててしずしずとこの港に集合してくるはずだ。そうして軍艦たちの饗宴が始まる……。第二次大戦の最中の軍事港、広島の呉での私の原風景である。

この時のエクスタシーを、その後の人生においても度々求めようとした私は、なぜかこのころの父の顔も母の顔も記憶にない。父なる祖父と母なる祖母だけが在った。

父が海軍にいたことも、無論知らなかった。ただ、灰色の海をかきわけて音もなく近づいてくる艦隊の不気味な感動と、防空壕の中からのぞいて見た焼夷弾の閃光だけが、ふしぎに父につながる思い出として私に残った。

階段の下にしばし佇む。右手の指でスイッチを探りあて電灯をつける。ほの暗い灯りのかげを踏みしめながら登りつめると、納戸という物置きにつきあたる。こわれた額縁や客用のふとん、古くなった衣服と使わない食器類の向うに、板切れでこしらえた父の手製の机がみえる。手前の籐の寝椅子に古ぼけたタオルと毛布がかかっている。高いところにある小さな窓から明りがこぼれて、それはいつも夕陽であったが、父のそまつな机に斜めにあかいしまもようをつける。

父はいつも、このように登りつめたところにひっそりと居る。エイリアンのように。ここで父は繊細でこみいった機械の図面をひいているのだろう。

昔、こっそりとのぞいた父の机の引出しの中には、透明な深緑色をしたセルロイドの小函があって、中にはドイツ製のペン先の行列。白い四角い薬のような糖衣チューインガム。百合の庭園に埋もれるように立っている影のうすい婦人の写真――父が幼い頃に亡くした母親――。蓄音機の竹針。バイオリンの弓につける松脂の匂い。聖書。写真機。ライフの切り抜き。

ワイルドで太陽のようだった母方の祖父の対極にいる父は、月である。ふり返るとそこに居る。声高に語ることのない、ひそやかなるもの。行間のような、または書かれなかった日誌の如く、ふと、とめどなく気がかりにさせるもの。幼い頃父母を亡くした父は私に、ひとりということについて考えさせる。孤独とはまったく異質な肌合いをしたひとり。たったひとりの天守閣にこもって何をしているのだろう。あの頼りない高みに居る父が、唯一のリアルな父親像であり、会社に行っては戻り、多分食事をして風呂に入りテレビを見て、という現実に生きて動いている父は、私にとってはイリュージョンにすぎない。私はなぜ天守閣にこもっている父以外の父をイリュージョンにせずにはいられないのだろうか。父は後悔しているかもしれないからだ。人生を。

形体として亡びゆくものを父は選びとった。私は、その亡びのかすかな灰の中から、死にたえそうにかぼそいぬくみを保つ小さな卵をとり出し、ガラスのようにもろく、もろいゆえに守らねばならぬ不死鳥のようなもののひなを孵化させようと思っている。

父のこのようにネガティブな半身を受けつぎ、これを逆説的なヨロイとしながらボルテージをあげてゆき、いつか大きく羽ばたいて飛んでゆける意識の羽根をもつ鳥を育てた日に、私は父に告げるだろう。

夕陽のしまもようをした羽根の鳥が、庭の樹に止まっています。階段を降りて見にきて下さい。

『家庭画報』一九八二年六月号　世界文化社

ふるさとを遊泳する

高知の街のまん中を、鏡川という川が流れている。

少しペンキのはげ落ちた、空色の木の、月の瀬橋にもたれて目をつぶり、西の空に顔を向けると、ギンギンギラギラと夕陽が沈んで、石ころだらけの鏡川ごと、私も犬も、まっ赤に染まった。

夏の間、日がな一日川で泳ぎ、土人のように日焼けして、はてしなく石をつみあげ、大ワニをつくる。ワニの足元に、小さな石の城があって、中に石の王子がかくれている。はげしく水かけごっこ。城をあけ、王子が濡れていたら負け！ 大ワニはガラガラと崩れ落とされる。

あれから何十年の月日がたって、私はエジプト最南端のナイルの岸辺に住んでいた。見わたすかぎりの砂と岩山。あのころみたいにゼイゼイ言って積みあげるまでもない。大ワニや巨象の姿をした岩石が、あたり一面ゴロゴロしているのだ。

狂熱の暴君太陽の爆撃をさけて、目もくらむような日中は、ドームの型をした泥の室内にこもる。焼夷弾をさけてとじこもった防空壕のようだ。

来なければ死んでしまう日没は、毎日ちゃんとやってくる。コーランの朗詠と共に、巨きな玉子の黄味のような夕陽が、おいしそうにくるくると舞いながら、ナイルの向う岸、ローズピンクの砂丘に落ちると、まっ青な空と川はたちまち、息をのむような黄金色に輝き、バラ色と深紅の花びらを、ゆっくりと壮大にまきちらしてゆく。

白い帆のファルーカに乗って、ラクダ島に行き散歩する。砂の上のトゲアカシアが、チクチクと足にささる。（そうだ、桂浜のやけた砂を、つま先だって、波打ち際まで踊るように走ったあの時も、足の裏に松葉がチクチクと痛かった……）

ホカロンのようにあつい砂にねころんで、蚊をたたきながら、大粒の金星のまたたき始めた空をぼんやり見上げていたら、いきなり、巨大怪鳥の姿に連隊を組んだイビス（白トキの一種）の群れが、上空をかすめていった。（二階の縁側に干したふとんにもたれて、ついポカポカと眠ってしまい、ふと目ざめた夕刻、鷲尾山のふもとをかすめた、銀色の二羽の円盤みたいだった鳥のこと……）

早朝の市場。アルミの大タライに投げこまれた、泥つきのナイルの川魚。まちがっても切り身など売っていない。魚の国からやってきた私は、生ウニやしじみやカニの幻を見るが、決然と振り払って、泥くさい魚に、ニンニクと塩、唐辛子、匂い草をすりこんで、フライにする。

祖父がまるごと縄でしばって買ってきたカツオを、松葉でいぶし、ニンニクのスライスをまぶして作ったタタキの味を思い出す。そういえばあの頃は、土佐の高知でも切り身など見かけなかった、ぜんぜん。

それに、味噌屋だった隣の家の空き地には、黒光りする石炭のピラミッドがあって、冬でも上半身はだかの親父が、汗水たらしてスコップですくいあげていたしね。いごっそう、あっけらかん、珍らしいもの好き、けんかしてるとしか思えないような会話、あつい……。なんだかそっくり……。

砂嵐がくると、一寸先も見えない黄色い砂煙の中を、息をつめて平泳ぎする。あの時も、室戸台風が吹きあれて、濁流がおしよせ、浮いたタタミといっしょに泳いだんだっけ。

泳ぎながら、何十年も昔の土佐にもどり、黒潮の荒波にもまれ、ふとわれに返り、黄色いヌビアのはてしもなくつづく砂丘の波をかきわける。


『ラ・メール』一九八七年七月夏号　思潮社

第三章　イメージとモチーフ

顔たちの秘密の笑い

私のこのケンランたる巣の中へ一歩を踏み入れる客人があるとします。とたんに私の神経は身体の皮膚の表面にむき出しとなり、目玉などときたら、後を向いて粗茶などいれている場合は背中に移動するし、足を上げている時は足の裏にとび移り、客人のこの巣に対する感情をオールキャッチすることに全力を注ぎます。

敬愛する女詩人のＴＴ(テテ)とＫＳ(キス)。ＴＴ「あんたのうちは臭いねぇ。ごっちゃごっちゃいらんもんばかりや。捨てなさい！　捨てなさい！」私はこの時魂の底までドライアイスと化して玄米茶の中に多量のわらくずを混ぜてＴＴにすすめた。ＫＳ「サワコォ、まるでラコストの城にふさわしきシャンデリアじゃありませんか。輝くばかりのお部屋ねぇ」私は喜悦のあまり、混ぜものもなく熱く香り高き玄米茶をＫＳにすすめた。

『婦人公論』一九六九年一月号　中央公論社
多数の作品が置かれた自宅での肖像写真とともに掲載

退屈の神々

退屈の神々は退屈に飽きて夜明けのビュッフェにやってきました。九つのテーブルに一人ずつ腰かけて、「地球はうるさすぎる。ワタシタチ九人だけのこしてみんな死んでしまえばヨイのです」考えの一致した神々は力をあわせて地球上から人間の姿を抹殺してしまい、さてすっきりしたところで色の遊びにふけり始めました。

一人目は、世界をミルク色に変えました。彼はニグロでありましたので、全身これまっ白になって（ホワイトニグロと化して）ミルク色の河で心ゆくまで泳ぎ、まっ白のぶあつい唇に白いルージュをぬって白いかつらと白いドレスを身にまとい白いフロアーを優雅に踊り狂いました。

細面の二人目は世界をブドウ酒色に変えました。遠い工場のけむりがなつかしい血のようなブドウ酒色をして上空にのぼってゆきました。ブドウ酒色はブドウ酒色の中に消えてゆきました。

三人目は、とても頭がかゆいので、世界を背に変えておき、古い浴室の古い浴室の古い湯気の中でまっ青なシャンプーで髪の毛を洗い流し、ニッコリしました。

さて四人目の若者、世界を一瞬のうちに暗黒におとしいれるダークスーツに身を固め、漆黒のテーブルでよめぬ読書にはげみつつ、タドンのような食事を終え、おもむろにくらやみのベランダに出ると、闇の中空に黒い虹を見、望遠鏡をのぞいては、銀河系宇宙の星の黒さに驚嘆しました。

五人目は葉緑素の色に変えて動物園へゆき、けものたちがまわりの葉っぱの色と同じになっているのをたしかめただけで単純に喜びました。

六人目は極彩色に。ところが世界はちっとも変わりばえなし。

七人目は枯れ葉のセピアに変えました。それで写真館へ行って書き割りの前で大正時代みたいなうすぼけた写真を写し、次に映画館へ行ってセピア色のスクリーンを眺めて居ねむりを始めました。そして彼は世界中が枯れはてて枯れ葉にセピアの夕陽の映える夢をかなしく見ました。

八人目は金歯コンプレックスなので、もちろん世界は金色に変わるべきだと主張しました。金の口から金の歯がこぼれ、金のまつ毛の先には金の涙がやどりました。めんどりは金の卵をうみつづけます。

九人目、世界をやさしいうすむらさきに変えました。ぼうっとかすむやわらかな草原を、うす紫の汽車が走ってゆきます。世界中が夜明けの色に包まれて、みんな今が夜明けであることを知りました。わけもなく哀しみにあふれて、退屈の神々たちは、すべての退屈を代表したような微笑を浮かべて全員死亡いたしました。

『婦人公論』一九六九年九月号　中央公論社

初出時は無題

ニューヨークで会った白い美少年のこと

もと電話局であった巨大なビルを仕切って、貧乏な、又はそれほどでもない詩人や絵描きやミュージシャンや踊り子たちを収容するウエストベス・アパートメントの地下室は、いつも工事中であって、しっくいや鉛管の湿ったような異臭が漂って、セメント色したむき出しの壁が無表情に単調にどこまでも続き、いくども直角に曲ったあげくに、迷路のような不気味さで私をむかえてくれるのだった。週に一度か二度、よもや再び生きては帰さぬとセメントの声の聞こえるその迷路の入口で、私はせいぜい覚悟のできた女の目つきでセメント壁をはぐらかしつつ、この迷路のどこかの果てのドアの奥にあるクリーニング室へ一歩をふみ出すのだった。

H821というナンバーの私の部屋は、三方窓のやけくそに明るいワイドスクリーンで、まるで白い巨大な箱であって、私はそこにもらったりひろったりした七台のベッドにそれぞれ白いシーツをかけて番号をふり、あっちへごろごろこっちへごろごろと気ままに番号をかえて寝るほかなかった。そこで私は白いシーツを2ダースは持ち、シーツのごきげんをとるばかりの、病院生活のような日々を5ヶ月くらした。

週に一度か二度、このシーツの洗濯に地下のクリーニング室をおとずれるのだったが、それは昼間のこともあり深夜のこともあった。深夜ガランドウのクリーニング室で無数の洗濯機たちにかこまれて一人いるのもわりといい気分であったが、足音もたてずにやってくる夜の見廻りのニグロの番人の、妙にロボットのような動作は、地球人ばなれしていていきをのむ程におそろしかった。洗濯機は25セントと5セントのコインをのみこまないと動き出さないのであるが、ある昼間、1ドル紙幣を1枚つまんだままでそこへ出むいた。私の勘は当った。やはりあのジャム壜をさげた女がいたのだ。彼女の壜の中には25セントと5セント玉がぎっしりとつまっている。当然のように私は1ドル紙幣をさし出し、ていねいに両替してくれるように英語でたのんだ。やさしく笑いもして。返事がないのでもう一度やった。彼女はニコリともせずNOといった。一瞬あっけにとられた私は、次第に、なぜだかわからぬが、なぜともなく感動していった。居るのだなあという感動である。25セントと5セント玉のぎっちりとつめこまれたこのジャム壜は、恐らくは彼女の淫した物たちの中の一つなのであろう。他人になどさわらせてなるものか。へええ、こんなところにもそんな女がいたんだなあ。化粧っ気のない中年の彼女は金色のまっすぐな髪の毛を頭のうしろで束ね、肌はうす黒く凹んだ眼はきびしい。眉間に気むずかしいしわのあるのが妙に共感をよぶ。ひどく色あせた水色の長い袋のようなドレスをひきずって、はだしで洗濯物をカゴに投げ入れている。色あせたくつ下、色あせたシャツ、色あせたタオル。私はシーツの袋に腰をおろしてともかく休んだ。彼女と私と、このマシーンの林立しただだっ広い室内に二人しかいない。天窓からなつかしいような昼の明りがもれている。中庭からの光であろう。どうして私は地球の裏側にまできて、こんなにおびただしいシーツなど洗濯しようとしているのだろう。おまけにそれすら出来ずにうすぼんやりとここに腰かけている。いまこの部屋を出て長い廊下をたどってゆけばもしかして、新宿のあの幻のように美しい街の灯がみえるのではないだろうか。午前2時の。私は陸に上ってしまった魚のようだ。もう5ヶ月も水を知らぬ。帰らねば。この5ヶ月間、日々くりかえしてきたこの思いを又しても思っている時、あのドアが音をたてて、なにか淡い色のものがとびこんできた。少年であった。目にもとまらぬ速さで私の前をすりぬけ、金色の髪の女のもとに立ち止った。女が邪険に手を払った。母と息子。その淡い色のものは再び私の前を走りぬけた。そして天窓の下の薄明るいコンクリートの広い床の上でなにか水の中の生きもののような動きで意味もなく動いた。うすい白金のような髪の毛がなびいて、色あせた白いようなシャツと、やはり白いようなすそのちぎれた半ズボン。手首にこれ又白いような紫の布切れを結んではだしで歩いている。ハッと見ては、ハッと動く。しなやかでなげやりな、まるで白子のロビンフッドか夢遊病のピーターパンかといった感じのその少年は、瞳の色が透明であった。透明なガラスを何枚もかさね合わしたかのような色の透明さであった。一秒と物を正視しないその瞳が、ななめに、はすに、きらめく。水の中の光のようだ。口だけが白い歯をみせて笑っている。何もみないで笑っている。声をたてずに笑いながら少年がコンクリートをななめにすべる。色のない少年が。風にふかれたセメントのもやの中から生まれ出たみたいだと私は思った。これがニューヨークにきて美しいと思えるものに出会ったはじめての日であった。その日から、私は色あせた白いシャツに色あせた白いズボンをはき、左の手首に、白いような紫の布きれを結んではだしで歩いた。

中庭の水のみ場の石だたみの上を、アパートメントの前の道路の石だたみの上を、あの白いしなやかなものがひらひらと横ぎるのをそれからの昼間たびたび見かけた。オキシドールの液体の中をくぐってぬけてきたようなあの白さよ。私の白子のピーターパンよ。私の2ダースのシーツの白さがなんであろう。

8階の窓から中庭を眺めていると、あの白いものが手に木の枝のむちをもって飛びはねていた。私は中庭におりて、コンクリートの手すりの上にねそべって空気を吸うことにした。午前中にこしらえたココア色のうら革のドゴール帽をかぶって。白いひらひらが近づいてきて私の頭の上をじっと見つめた。あのガラスのような、物を正視したことのないすきとおった眼が。私はだまって起き上った。とたんに少年はもと通りのしなやかなでなげやりな走りかたをして遠ざかってしまった。それをずっと見送ってから私ははだしで街まで歩いた。曲り角の手前でふとあの子が風に吹かれるようにしてうしろをついてくるのが見えた。私も急に蝶々になって歩きたいと思った。忍び笑いをしながら2羽の蝶々がひらひらと街角を曲った。曲ったところは草むらで、さびた鉄のレールが2本つき出していた。向うの街角で水道管をはずしたらしく、ニグロの子供たちの嬉しそうな喚声といっしょにものすごい水が草の中にも流れ込んできた。さびたレールと草の間に小さな虹がいくつも出来ては消えた。私はココア色の小さな帽子をレールのはずれにある鉄条網のかきねのトゲにひっかけて又歩いた。街角を曲って曲って又曲ってもとの草むらに来てみたら、あの少年もココア色の帽子も虹も消えていた。ビショビショの石だたみをうつむいて歩きながら、私はアパートに帰り、8階の白い大きな箱に入り、7台のベッドの中の1台で眠った。

それから二度か三度か夜がきて、私はそのアパートから出てヒコーキに乗り、地球のうらがわの幻のように美しいと思いつづけた東京に帰ってきました。

その東京では、あの少年の白さがひっきりなしに、滝のように私にふりかかってくるので、私はそのうち少年になれるのかもしれません。

『映画評論』一九七一年一〇月号　映画出版社

吸血鬼

吸血鬼の映画をみて、いつも心の中にしこりのようになって残る不可解さは、あのニンニクと銀の十字架の存在である。

被害者とされているただの人間が、追いつめられたあげくの果てにふりかざす十字架に、為すすべもなくひたすら顔をおおい、おびえ、逃げまどう加害者である吸血鬼とは、いったい全体なんなのであろうか。

瀕死の人間達に愛の献血、愛の輸血をほどこしているとしか考えようもない血のエンジェル達の、あのうしろめたいダンディズム。冷たくくらい闇の中の、苔むした柩の内側から青白く清潔な手をのばしようやく目覚める時、臙脂のサテンの内張りは胎内のごとく秘めやかに。

ニンニクと十字架と太陽の光線を極度におそれ、あたかも悪事を為すがごとくひそやかにくらやみの中を走りぬける男。

彼は私の叔父である。フランケンシュタインを兄とし、サイボーグの恋人をもつ私を、予告もなくたまさか訪れる遠い叔父である。

そして、兄は、私に心からなる安らぎを与えてくれるたった一人の近親である。彼の吹き込んだレコード「ベルリン」をきいて私は育った。ワイルドサイドを歩け、と今も彼は歌う。彼の重たいまぶたの裏の暗い世界のリンパ液を、私もまた受けつぐだろう。

一九七五年七月七日、忽然と私の前に舞い降りてきた黒鳥一羽。一目で兄妹であることを確認し合った私たちの嬉しさは若い兵士のようにういういしかった。兄よ、あなたが生きて戦うかぎり、私も生きて戦うことを誓います。私はその夜、初めて神に祈った。兄と共に過した八時間の永遠の時は、その年の夏を、白痴の頭のなかの血のように逆流する幸せの夏にした。

フランケンシュタイン博士のモンスターである兄よ。青いピラミッドを胸に持つ兄よ。来たれ丘に。

叔父のおそれる輝く太陽、まぶしい哲学、宇宙の血を求めてさすらうサイボーグが、目下の私の恋人である。

中世の叔父は人間の血を求めて夜の闇の中をさまよったが、サイボーグである彼は今や宇宙の血を求めて、無限の暗黒の中をひたすらさすらい続ける。

冷たい空気と、金属と火と時間の匂いがする。火星の鉄の匂い。水星の硫黄と火の匂い。ミルクのような月の匂い。

一つの旅から帰るごとに、私はぴったりと身体についた暗黒星雲のような彼の服から、いろんな惑星の匂いをかぐ。そして、宇宙の血を吸って帰った彼の透明なからだから愛のやさしさを受け取る。天の使い。エンジェル。宇宙の血のエンジェル。ドラキュラ。吸血鬼。

時の終りまで摘み取れよ、
月の銀の林檎を、
太陽の黄金の林檎を。

血を欲しがらぬモンスターの兄。よく似た妹の私。人間の血を欲した叔父。宇宙の血を吸う恋人。

叔父の吸血が、もしかしたら献血なのではないだろうか、と気づき始めたのは随分遠いむかしのような、たった今のような。

こういうことが言えるかもしれない。

つまり、吸血鬼に輸血されなかった人間のミスによって生れ損ったモンスター。輸血された人間によってつくられたサイボーグ。

人間の血も、宇宙の血も欲しがらぬモンスターの兄を慕いつづけて、しかもなお、とどのつまりは宇宙の吸血鬼であるサイボーグを恋してしまった私は、どうすればいいのだろうか。

中世の血のエンジェルに対して為したような、ニンニクと十字架による制裁を、サイボーグに対してもふりかざすような人間が、この世のすみからすみまでぎっしりとつまっている今のような世の中を、私は淋しがらないで生き続けていく自信はない。ふつうの人間であることはもういやだ。私もさっさと吸血鬼になってしまおう。

『野性時代』一九七六年八月号　角川書店

三角形は、すずしい

子供のころ机の角が怖くて、小学校へいくと、無数の机の角がいっせいに飛びかかってくるので、ずっと教室へ入らないまま、二宮金次郎の銅像のある池のそばで、そてつの綿をつんで二学期間すごしたことがあった。

すっかり神経が丈夫になった今でも、机の角を見ると、ちょっと涼しいくらいの気分にはなれる。

ナイフの先端、氷山、アルプス、地震のとき落下してくる高層ビルの窓ガラス、割れた鏡など、三角形をしているものが多い。

そこで、三角形はすずしい、と断定してみる。食事はおむすび、デザートに西瓜、テントに寝て、コマをまわして遊びましょう。トランアングルをたたき、踊るならワルツを。そういえば、デビッド・ボウイーが「世界を売った男」でデビューしたころ、レコードの終りの方で、突然に曲がワルツに変り、なんと不気味だったことだろう。

三角関係などもちょっと寒気がしてくるし、三角眼をして猛り狂っている男なども寒い。ひたいに三角布をはりつけた幽霊。魔のトライアングル地帯。三角洲で遊んでいて増水し、帰れなくなってしまった昔の私。このごろビキニも三角布だし。

でも一番すずしいものは人の横顔。ぜんぶ三角形でできているのを、先月、地下鉄の中で発見して久方ぶりに驚きました。その驚きは、去年の冬、だだっ広い砂の中に、ピラミッドがつっ立っているのを見たときの驚きと等しいものでした。

『草月』一二五号　一九七九年八月　草月出版

ターザン

六年前の個展で、ラモン・ナバロ扮するターザンを描いた。Kという老紳士が、その折、古びた写真を持ってきて、そっと見せて下さったのだが、驚いたことに、それはジョニー・ワイズミューラーと共に泳ぐ若き日のK氏の勇姿であった。

ラモン・ナバロのターザンは、ある日、ぬりつぶされて新しい絵に描きかえられようとするあわやの時に、音楽業のT氏が出現して、買い上げてゆき、現在無事にT氏のスタジオの壁にかかっている。(ラモンは、一九六八年、ヴァレンチノから贈られたアール・デコ調の鉛の張型を喉に突き刺されて、チンピラ兄弟に殺された、ということを最近知った。)

ジョニー・ワイズミューラーは、その後、鉛筆で描いた。そしてすぐ続いて、女優のルペ・ヴェルツを描いた。この二人を知らずに並べて、部屋の壁にしばらくピンナップしておいた。それだけのことなのだが、ずっと後になって、ジョニーとルペが夫婦であったのを知った。

「メキシコの火縄銃」といわれた、手に負えないほど陽気で気性の激しいルペは、MGMのターザン担当美容師が、ジョニーの身体中のひっかき傷や環状の歯型の跡を消すのに、特別の工夫を施さねばならなかった、というほどのいさかいをくり返して別れ、苦しまぎれの男狂いの果てに睡眠薬をあおって自殺した。あの神の化身の如きターザンの胴や首や象牙の肩に、無数のひっかききずや噛みきずがかくされていたのかと思うたび、私はうれしさをかくしきれなくなってしまうのである。

ジョニーの身体中を、爪跡と歯型で飾ったルペは、更に、自殺という贈りもので、愛するジョニー・ワイズミューラーを飾った。一九四四年のことであった。そして今、老いたるジョニーは、夜な夜なターザンの雄たけびを精神病院中にとどろかせて、生きつづけている。

飾る、とは何であろうか。

たとえば、原始の人が、洞穴に死んだ人の身体を横たえ、野の花を摘んで供える。狂女が髪に花をさす。

「ターザン」は、文明の世に、スクリーンの彼方から一輪の野の花をなげかけ、ワイズミューラーは、虚像と実像の断崖を、えもいわれぬ雄たけびと共に、つたをロープに飛びこえて、虚も実もない世界へと、ダイビングした。ターザンは逆襲し、新しい野の花はまだ届けられない。

私は、毎朝七時、子供たちの登校のためとはいえ、目覚まし時計の「ベー!!」というおぞましい音によって、十数年間たたきおこされている。近頃この強制に耐えられなくなり、ターザンの、あの形容しがたい雄たけびを、そのまゝ大きな目覚まし時計に入れて、部屋いっぱいに響きわたる「アーアーアー!!」を頭からあびせられるようにして目覚めてみたい、と切望するのである。

『遊』一九八一年一月号　工作舎

なつかしき友、爬虫類

朝のコーヒーは、あわただしく子供たちが登校したあとの束の間の静けさをぬすんで、台所の白壁の前で立って飲む。壁には恐竜の時代の絵巻が貼ってあるのだが、遠くの方にはうす紫に煙る火山が噴火し、ありとあらゆる恐竜たちが草を食べ肉を食べ、まるで桃源郷に遊んでいるようなうっとりする光景がくりひろげられているのだ。

トイレに行く。トイレットペーパーの銀色のホルダーには、サイのうつし絵が張りついている。バスタブの上の小さな窓には、ゴム製のサメがいる。子供たちは一週間に一度はこのバスタブの中で、生きたカエルやサンショウウオを泳がせることにしているらしい。アフリカツメガエル三匹とスズガエル二匹、シュレーゲルアオガエル一匹、サンショウウオ一匹である。アフリカツメガエルは、うすねずみ色をしていて、明るいところに出ると色が白く変わる。魚と同じく水中だけで棲むといわれているが、他のカエルと同じ容器にいれておいたら、スズガエルのまねをして浮き草の上でうたた寝をしていた。

友人の人類学の先生に言ったら信用しないので、ポラロイドで証拠写真をうつして見せたら、しきりに不思議がっていた。下の娘は、アフリカツメガエルは白玉ダンゴのようにモチモチとしていて手ざわりがよい、と言っている。彼女はひんぱんに白玉ダンゴのデザートをつくって蜂蜜をかけてすすめてくれるのだが、私にとってはいつもアフリカツメガエルの姿がちらつくので、ちょっと抵抗のあるデザートである。

スズガエルは、背中は驚くほど鮮やかなグリーンで、黒い斑点が大胆にちりばめられ、お腹の方はこれまた驚くほどの朱色に黒い斑点があって、ギョッとするような人工的カラーのどぎついカエルである。大食らいでやきもちやきで大さわぎする。小さなシュレーゲルアオガエルのカエコちゃんは、下の娘のベストフレンドで、いつも指や顔にとまって遊んでいる。

クロワッサンのような形をした半透明のふくろの中からメダカのように沢山孵化して、たった一匹だけ生きのびたサンショウウオも、時々外に出して遊ぶのだが、何しろあわただしくちょろちょろところがるので、追いかけるのに大変。友人がベッドの柱でつかまえたという生まれたての可愛いヤモリは、松ボックリの家に棲んでいたが、とうとうしわだらけになってどこかに消えてしまった。冬だったので極小の虫をつかまえるのがむずかしかったのだ。虫のごちそうを食べたあとの、舌なめずりする姿は忘れられない。

目玉までついでにつるりとなめてしまうのだ。そしてニッコリと笑うのである。虫を食べた翌朝は、体のしわがなくなってつやつやとしているのでうれしかった。

小学生のころ、終日遊びくらした河原で、石をつみ上げ巨大なワニをつくりあげ、それにまたがって西の空全体をまっ赤に染めて落ちてゆく夕陽を眺めた時の感動は、後日二枚の絵となった。一枚は、二匹のワニが手をとりあって夕陽の下を歩いている八十号の油彩。二カ月がかりだった。もう一枚は、鍾乳洞の中で、矮人の家族が正装してコーラスをしている。白いワンピースの少女が、to you と書かれたカードをくわえたワニにまたがり何処かに届けにゆく、鉛筆水彩画である。もう手元にないこの二枚の絵が私は大好きである。

オブジェを作っていた二十代のころ、コレクターのH氏から作品の修理をたのむという電話がひんぱんにあった。ある日、思い切ってなぜこわれるのかたずねてみたら、「いやあちょっとワニの背中にのせておいたら落っこちてね」という答え。てっきり応接間にある剝製のことだと思ったら、何と二階で飼っている二匹の生きたワニだという。さすがの私も出向かないことにした。後日、他の作品の修理で訪ねたら、所せましと飾られた内外の玉石混淆の作品の中に、赤チンキをぬられて包帯をまかれた例の私のオブジェが鉄棒にぶら下がっているではないか。しかも原作よりもずっとチャーミングになって。

ナイルの大ワニに会えると早とちりした四年前のエジプト旅行も、ワニの絶滅でがっくり。ルクソールの道端で買った弟分の蛇皮の大きなサイフでがまんすることにした。

そういえば蛇を飼ったこともあった。シマヘビ、青大将、ボア。思い出の蛇たち。今年になって映画のロケで二カ月滞在した沖縄でもハブが出たりした。さすがハブの頭は鋭角的で戦闘機的である。那覇の街でふとのぞいて見たこわれかけの民家の中には、蛇皮線つくりの名人が仕事中で、十日後にはとりこわしになるというので、三十年間ためてあったにしき蛇の残り皮を全部くれた。代わりに私は蛇皮線を買った。

昨年亡くなった祖父が昔くれた数メートルの蛇皮三枚も、ジャンパーに化けて、十二年前の冬のニューヨークでドラマチックに紛失してしまった。

このように、私と爬虫類、両棲類たちとの縁は浅くはなさそうである。彼らを眺めていると、いわれないなつかしさに心なごむのである。彼らのデリカシー、やさしさ、ユーモラスなしぐさ、哲学的な沈黙、テレパシー。

岩のように巨大なワニが乱舞する水中ダンスの映画を撮ってみたい、というのが私の目下の夢である。

『宝石』一九八二年七月号　光文社

今宵は蛇と

突風が吹くと、四角くくりぬかれた古いリア王の本に乗って、蛇がコンクリートのベランダに降りてくる。思い出の蛇たち。蛇たちの食べた、玉子やカエルやマウスたち。数えてみると十年になる。状況劇場からもらいうけたしまへびは、牙をぬかれていて、仕方ないのでスポイトで生玉子を飲ませてあげていた。私たちが朝のテーブルで紅茶を飲む。テーブルの中央でシマちゃんは生玉子を呑む。のどをさすると喜んで、シューシューと音をたて、先がふたまたに分かれた極細の舌を炎のようにチロチロと泳がせるのであった。

当時、蛇がいるというだけで、大人の訪問客はガタガタに減っていったが、代わって小学生の男の子が門前に行列をつくった。デリケートなシマちゃんは時ならぬにぎわいに疲れはて、ワラと木の枝で埋もれた木箱の中で死んでしまった。死ぬ前には、蛇腹になっているお腹がうすい桃色から次第に朱色に変わっていった。

下の娘の父親であった三木が（彼も、すでに死んでしまったが）三軒茶屋の古本屋で見つけた古い『リア王』の美しい本を、小刀でくりぬいて四角い洞をつくった。シマちゃんをその中にとぐろを巻いたように寝かせて、ベランダに置いた。時が経てば風化するだろうという私たちの予感を裏切って、数日後、突風にさらわれて唐突に消えてしまった。

しかも、唐突といえばその翌日、見知らぬ女の子が訪ねてきた。蛇香ウロコと名乗る彼女は、箱の中に小さなボアを連れていて、「あげます。大人になると七メートルになります」といった。ボアはその風格と美しさで蛇の王者である。私は七メートルと聞いて一瞬うろたえた。大変だ。廊下に棲まわせるしか場所がない。

今度のボアは、タナトスグレイの濃淡模様が身体全体、芸術もまっ青になる程の精妙さでうずめつくされていて、しかもしまへびのような蛇腹がない。お腹の方まで模様でつまっているのであった。

私は、木箱に枝を入れ、灰色のさまざまな形の石をアレンジして棲処をととのえ、毎日うっとりとボアの動きを観察した。立派な顔と、くもりのない眼。微妙な身のこなしが官能的で美しい。私は、人間であることを恥じた。雑でガサツで鈍感でみにくい。手や足があるということの疑問さえ芽生えてきた。あらゆる点で劣っていると痛感した。

彼も冬を越さずに死んだ。友人が屋上で皮をはいで残してくれた。春になってウロコちゃんが訪れ、せめてもの記念にといって皮をもってしょんぼり帰っていった。

二十年も昔の、土佐の海底から漁師にたのんで獲ってきた、今となっては天然記念物のさんごの前で、ひと月前に喫いはじめたシガレットというものをくゆらせて、わが家のペットのすず蛙をデザートに、玉子と、ワインと、深夜マッシュポテトをこねてこしらえた手づくりの蛙を並べ、思い出の蛇たちを招きよせて、今宵は、未来と昔に酔い痴れよう……と。

『流行通信』二二四号　一九八二年九月　流行通信

ガラスの胸と死の匂い

老人・嘆き・男・女・赤ん坊・スパイ・炎・戦場・墓場・ビルディング・嵐・海・朝と夜・月光・砂漠・地下鉄・自殺・学校・ロールスロイス・幽霊・奴隷市場・カスバ・乞食・のんだくれ・台所・寝室・宮殿・太陽・スペースシャトル・飛行機・病気・処女・未開地・父・母・祖父母・娼婦・ゴミすて場・尼・守銭奴・天使・殺人鬼・植物・鉱物・爬虫類・南極・熱帯・ジャングル・盛り場・兵士・将校・屍体・誕生・花・蝶々……。

数え上げればきりもない、これらの役柄と背景にとけ込むことのできる役者を、一人だけ名指しせよといわれたならば、それは、グレタ・ガルボをおいて他には考えられない。

彼女は、どこにでもいる。等価となって遍在する。エーテルのように。水のように。あるいは光となり、波となって。神聖ガルボ帝国という名の、巨万の無名性となって。

すべての欠落は、彼女の磁場に吸いよせられ、たちまちのうちに充ち足りた貌を変じてスクリーンの上に現出させられた。

匂いや音や気配で、それとなく存在を知らせるたたずまい。嗅覚・味覚・視覚・触覚・聴覚・知覚・霊覚、それらすべてをたぐり寄せて、充ち溢れた無による決意を秘めた、ひそやかなまなざし。このまなざしこそは革命である。いつの世においても、普遍にみちびくための永久運動である。

彼女は一体化を成しとげたゆえに、汎である。私がこういう具合にガルボに対する思い入れをはじめたきっかけは、たしか一九七一年の冷たいN・Yの冬であった。アパートのだだっ広い白壁。大きすぎる窓のため、むやみに明るいHの八二一号室という部屋で、私は空間を埋めるために拾ってきた七つのベッドを並べて、毎日ちがうベッドに眠った。東京はなぜか赤く、幻のように美しかった。

部屋の白い壁には、ガルボの顔が印刷されたハンガーを一つ掛けておいたが、彼女は固い男のコートが一番よく似合う顔つきをしていると、私はおもいこんでいた。ある日、古着屋で日本の絽の着物を見つけて買った。半ば透きとおったうすい水色に、消え入りそうな秋草が風にそよいでいる。二ドルであった。ガルボのちょっと深刻な顔の下で、この古びたデリケートなやさしい着物がゆれて、風鈴の音でもきこえてきそうな悲しみを誘った。

その日から突然、彼女の等身大の立像をつくろうとおもいたち、セメント色のペーパーマシェやガラスを使って、夢中で何日か何十日かを費した。だが、顔もきまり、身体もほぼ仕上りかけたが、そのあとがどうしても進まないのだ。私は写真を見て、映画を見て、ひたすら考えぬいた。

グレタが柱のかげに佇んでいる。申しわけなさそうにすぼめた肩。まるで、女ではない人物が女を演じているかのように。そこに、秘密のカギがあるような気がした。レオナルドの描いたヨハネの指さし示す彼方に、ガルボのすぼめた広い肩が見えかくれしている。

夏がきて私は、未完のままのガルボの彫像に心を残しながら、東京に帰ってきてしまった。あんなに美しいとおもいつづけた東京は、くそ暑くてまるで見おぼえのない都会であった。

後日、あのガラスの胸をしたガルボは、ハンマーでたたきつぶした、とMから手紙が来た。毀した時、かすかに死の匂いがした、と。Mも、もう死んでしまった。彼は、狼のコートをゆずり受けるためにガルボに会ってきた、と云い、彼女からの手紙を私に残した。

未完のまま、しかも毀されてしまった、あの硬質の凍りついたような立像は、私の中で、現在から未来に尾を引く想念の長い影となって佇んでいる。未来がすでに過去となって。

このような個人的なおもいはともかく、ガルボのような男、詩人であり予言者であり、謎である人物があらわれて、神秘に明るさが戻ってくる日は、いつだろう。

『遊』一九八二年一〇・一一月合併号　工作舎

人形の国

私は、いわゆる「人形」を抱きしめて育った少女ではなかった。人形のかわりに、小石や木の枝や骨片、ガラスの破片など、あらゆるガラクタをコレクションするタイプの子供であった。

戦後の焼け跡は、私にとってまさに宝庫。D・D・Tをかけられた白い頭でかけずり廻って、そこいら中ほじくり返した。ガラス屋と瀬戸物屋、金物屋の焼け跡は、もう狂喜せんばかりの金銀財宝の山であった。泥の中から掘り出した、夢みるようにとろけたエメラルドやルビーやサファイヤの塊りを、スカートに包んでは秘密の野原に埋めて、宝島の地図を描いた。地図は本物らしく古びさせるために、塀の間にはさんで雨風にさらした。

野原には、踏んづけてしまいそうなほどのカエルが右往左往していたので、葉っぱでふとんやまくらをこしらえ、カエルを気絶させてはふとんに寝かせて遊んだ。いつまでも寝ているカエルには、おおばこの葉っぱを揉んで鼻先にくっつけると、必ずピョコンと飛び起きる。大・中・小のカエルをずらりと並べて寝かしつけると、家族のように見えた。

友達の見あたらない日には、左手の五本の指と遊んだ。爪にインクで目・鼻・口を描くと、きっと誰かに似ていた。逆三角形のくすり指の爪はいつも私に似ているので、この指は私ときめてあった。リボンの切れ端や、その頃は貴重だったアメリカのキャンディの包み紙などでドレスを作って、指に着せたりした。それが次第にエスカレートしていった結果、マッチ箱の中に裸のみの虫を入れて、色とりどりのきれいな絹糸のくずや、セーターの毛糸をむしった毛玉などを与えて、極彩色のみのをこしらえさせた。それは、ちょうど指にすっぽりと入る豪華なドレスになった。ドレスを脱いで、五本の指を陽にかざすと、あたたかいあかい血の色が透けて見えて、五本の指は一つになって燃えているようだった。

そんなある日、焼け落ちた隣の家の地下室の水たまりで、溺れかかっている数匹のねずみを、煮干しで釣って遊んだあと、トタン屋根のうす暗い仮住いの我が家に帰ってみると、狭苦しく赤茶けた畳の上にほの白いものがみえる。なぜか忍び足で近づいて正座してのぞき込むと、そこには見たこともない臈（ろう）たけた、陶然とするほどやさしい白い顔があった。桐の木とガラスでできた箱の中に、藤の花を手にかざして、白い灯火のようにその女（ひと）は居た。吸い込まれるように見つめていると、何かしら開けるのをためらわれるような扉の前に立っているような気持に襲われた。この扉の向う側には、まだ見ぬ世界、もう一つの世界がパノラマのように広がっているような。

祖父が、しらみだらけの泥まみれ孫娘のために、何処からか手に入れてきたという、この蠱惑的で途方もなく怖いもう一つの世界からの使者のようにして姿を現わしたこのひとは、私の記憶の中の、はじめて人の姿をした、人形と呼ばれるものであった。ガラス越しにのぞき込むだけの、触れることもためらわれるようなものの存在。

私には、それが常日頃、野原や森や焼け跡をかけめぐって、樹木のこぶや岩のさけ目、洞の奥、谷川のよどみの中に渦まく妙にゆるやかな渦の眼、などに出合った時に感じる、不可思議な気持と共通する、あのひみつの国の入口のひみつのカギと同じ形をしたカギ穴であるような気がした。それは、見えないものとじゃれ合って遊んでいる仔ねこの、逆だてたやわらかい毛のようなもの。

山の奥の谷川の崖のうら側で、とつぜん雪崩れおちるような山ゆりの大群に出会った時の、はたと止む山ゆり達のひそひそ話の声。あのさわがしい静けさ。

あの時と同じような、何かがある。私達とは違った時間や、空間や、世界を生きていた。
るものが確かに居る。それがはじめて人の姿をして、私の前にガラスに囲われて現われ

くまのぬいぐるみや、友達の抱きかかえているフランス人形、セルロイドのキューピー。どれ一つ、こんな足のすくむような衝撃を私に与えたりはしなかった。私の所に来たあの人形は、そんな風な玩具ではなく、あの未知の世界からの使者であると確信できた。人形の国とか妖精の国とか呼べばいいのだろうか。胸ときめく、秘密の、甘くて怖い冒険の彼方にある国である。それは、まるで虚空をつかむようなものであるかもしれない。うら返しになった時空。でも、世界の、宇宙の、ほんとうの中心があるような。

生と死の中空に張られた、くもの糸を渡るような足どりで歩かなければならないところ。水でも空気でもなく、安らぎと不安を同時にカクテルしたエーテルを吸飲するように、気配さえも消し去って。

ところで、子供の頃のこういったガラクタ集めが嵩じて、二十代の私は、廃物やガラクタを使った作品を山のように創った。それらは、まるで呼吸するようにたやすく、おびただしく生れ出てきた。どれもこれも、どこかしら擬人的ではあるが、不思議なことに、五体満足に人の形をしたものは一つもなかった。だから、ごく最近まで私は、自分のこしらえたものを仕方なくオブジェと呼んできたが、どうも居ごこちの悪い思いをぬ

ぐいきれないでいた。あの頃の私は、まだしっかりと人形の国や妖精の国へのパスポートをにぎりしめていたような気がするので、オブジェと呼ばれた得体の知れぬ代物たちも、人形と呼んでさしつかえないのかもしれない。

アンティック人形といわれる、時経てなお残る人形。蠟人形、菊人形、わら人形、ぬいぐるみ、マヌカン等々。

神が、自分に似せて人間を創ったように、人間もまた自分に似せて、数え切れないほどの人形をつくる。そうして、これら人形たちに魂がふき込まれるのは、いったいどのような瞬間であり状況であるのだろうか。魂の入った人形は、人形の国に属するもはや生き物である。魂の入れられなかった、人の形をした不幸な、あるいは幸運だったかもしれぬ、ただの人形も数知れずいることだろう。

人形は、人間に依存しているにもかかわらず、人間とはずっと異なった価値感や倫理感をもつ異種の存在である。だから、そのことで人間を羨んだりうらんだりしているかもしれない。人間が神に近づこうとするように、人形も人間に近づこうとしているかもしれない。それと定めがたく、目に見えない、気まぐれで多感でデリケートな、消えやすい、そういった世界に属する彼らは、ひとしれず力強い力への負い目を認めているのかもしれない。その負い目が、あの危うさ、美しさの裏の邪悪さ、ともつながってゆくような気がする。だから私達人間が、人形の国をのぞく時には、極度の注意を払って、くもの糸を渡るように息をひそめ、静かな足どりで近づかなければならない、と私は思うのだ

『The 西洋人形　第六集』一九八三年四月　読売新聞社

色彩――モノクローム

チャイナ・タウンの近くに路可（ルーク）という名の友達がいた。顔色が悪くて、いつも茶色のクロケット帽をかぶって笑っていた。

彼はこびとで、自分のような種類のこびとはドワーフといって、胴体や頭はふつうの大きさで、手足だけが短いのだけれど、ミゼットというのは全体的に小さくて、ポチャッとしていて子供のようにみえるのだ、と云っていた。

路可の部屋には旧式のミシンが置いてあった。多分、ふつうの大人の服を買ってきては、手足の丈を縫いちぢめているのだろう、と私は思った。

うらぶれた路地の奥の、暗い狭い階段を何度も休みながら、やっと辿りついた路可の部屋のドアを、はじめて開けた時の驚き、突然の色彩の洪水は、今でも鮮烈に網膜に焼きついて離れない。

オレンジ色のパッションフルーツのような天井の下には、暗い緑色の壁が三方をとりまいていて、窓ワクは鮮やかな赤。黒ぬりのテーブルに朱ぬりの椅子。赤いナプキンに青いローソク。といった具合に、強烈な色と色とがせめぎ合い、ひしめき合っていたのである。その中で路可だけがなにかしらモノクロームな印象で、天然色映画の中で主人公だけ白黒フィルムにしたような感じで、四六時中せわしなく動き廻っていた。

大皿の上に山盛りにした、まっ赤なプチトマトを口に放り込みながら、子供のころ育った支那の河原の、砂利の色や形や、まわりの情景のことについて話してくれた。

話している彼の後ろのドアのすきまから、ラクダとキリンとペリカンをプリントした、かわいらしいベッド・カバーのかかった寝台が見え、その横の壁には、細い細い鋼鉄のようなハイヒールをはいて、グウの音も出ないほど小股の切れ上った、憎たらしいような女の脚の、細長い絵がかけられてあった。

私達は、こんどはその脚の絵の下の床に移って、白い紙皿を七枚並べ、中にコインを入れて目かくしして当てる、直感ゲームをした。

二人ともよく当ったが、当たるたびに大口あけて、無邪気に笑いころげる路可の大口の奥に、何か別の裏側の世界、アナザーワールドがのぞけるような気がして、私は何十回となく笑わせては、口の奥をのぞき込んでいるうちに、すっかりN・Yの夜は明けてしまった。

ごつごつとした樹の瘤のような手足を持った彼が、素肌の上に黒の革ジャンパーをひっかけて、金のペンダントをつけ、ソファに坐って斜にかまえた、まるで普通の男のように見えるカラー写真を、何度も得意そうに見せてくれたことなど思い出して、なんだか切ない気持になってしまった。

路可はいくつぐらいだったのだろう。今でも、あの暗い長い階段の奥の、まぶしい色彩の海の中で、色の無い服を着て、跳びはねるように動き廻って、デコレーションケーキのようにかわいらしいベッドの中で、土気色して眠っているのだろうか。

『合田佐和子作品集　パンドラ』一九八三年一二月　PARCO出版
初出時のタイトルは「色彩―モノクローム　2」

魚のうろこ

もうすぐ陽が沈む。

あわてて家を出て、うさぎ小舎にうずくまっている黒衣のアジーザにあいさつしながら、つかまるとうるさい陽気なグルルの家と、もっと陽気なサバハの家の前を、全速力で走りぬけて、ナイルへつづく崩れかけの石段をかけ降りる。

この一分たらずの間に、もう裸足の子供が十人、あとにつらなった。

ひとりになりたい、孤独が恋しい、と云いながら、跳びはねるココア色や鉄色や石炭色した子供たちのすき間から、川面をのぞく。

向う岸の黄色い砂丘に半分ひっかかった夕陽は、あれよあれよというひまもなく、かすかに赤い湯気をたてながら、ゆがんだ生玉子の黄味のようにくるくると回っている。

アーッ！　落ちてしまう――。

と同時に、アッラー！　アクバル！　日没のコーランが始まった。

今日は珍らしく、しわがれた野太い老人の朗誦のあとを、たどたどしい子供の声がひきついで、石段に群れている子供たちを喜ばせたので、金色の川面にとびはねる小魚の金鱗銀鱗のように、陸上でも、黒光りする二本足の小魚たちが喚声をあげて、ななめに横にとびはねてしまうことになった。

跳びはねる子供たちの黒いシルエットが、黄金色に染まった空と川をバックに、黒いアラビア文字を描く。

川面の魚も、いっせいに大小のアーチを描く。昼間、舟にのって釣りあげた、虹色のうろこ、小判のようなうろこをもった、あの魚たちだ。

毎日あきもせず石段に立って、こんな日没の、金色とばら色のコンチェルト、つかの間の大乱舞を眺めていると、やるせない芳香のシャワーを頭から浴びて、断崖に立ちつくしているような気持になる。

だけど、本当のことをいうと、私は魚のうろこがこわい。

料理するときに、頭をおさえ、しっぽのつけ根から包丁をあてて勢いよくこそげると、うろこは思いもかけぬ方角に散らかって、ほっぺたや髪の毛にくっついたら、透明なのりのように貼りついて、なかなかはがれてくれない。

うろこの残っている煮魚をたべた時の気味わるさといったら、子供のときにたべた毛の残っているイノシシ汁の肉片よりも、もっといやだ。

魚にしてみれば、イヤもオウもなく、イッキにそぎ落とされるんだもの、キョーレッ！

私は、魚になるんだったら、一生こんな目にあわされないよう、うろこのない魚か、深海で眠り呆ける魚になる。

のぼってはいけない、といわれていた工事中の体育館の屋上にのぼって、落ちそこなって、高所恐怖症になってしまった高校生以前の私は、魚を料理したこともなく、高い所も瓦も大好きで、瓦の美しい高知城の天守閣にのぼっては、風にふかれて昼寝なんぞしていたし、自宅の二階の手すりから屋根の上におりて、読書にはげんだりもしていた。

瓦に腰をおろして四方を見晴らしたり、足のうらについた瓦のうす黒い色をこすったりして、ひなたの匂いと瓦の熱を吸いこんだりしているうちに、なんだかひそかに別の生きものになっていくような気がして、そんな日の夕食時は、家族がとても遠い国の人々のように思えて、名前さえ思い出せないくらいだった。

こいのぼりがはためいている。

こいのぼりは、どうしてこの灰色のいらかの波に似合うんだろう。どちらも、うろこをもっているからだろうか。

屋根の瓦は、家の背のうろこみたいなものだから、台風ではがされて、空中にとばされてゆく瓦を見てると、風の包丁でうろこを逆なでされた大魚を連想して、背筋がぞくーとしてくる。

で、私は、はがされたりするおそれのない、うろこのない家に住みたい。

以前、雑誌で見てうらやましかった北欧の草原の家。その家は、草原のつづきがそのままもり上がって家となり、そのまま下って草原となっているのだった。てっぺんでタンポポの花が逆光で笑っている。なんて安心なんだろう。

それにヌビアの家。雨なんか降らないので屋根がなかったり、板切れ一枚、なつめやしの葉っぱをひっかけてあったり。ドームの円い形も壁からそのままつづいているので、はがれるなんてこともない。

魚を食べるのは大好きなくせに、うろこをはがすのはいや。天守閣や竜宮城、昔ながらのいらかの波、そんなものに強烈な異国情緒を感じ、すてきだなと賞讃しつつも、自分の家に瓦はゴメンの私は、イスラム世界では食べてはならぬうろこなし魚専門の板前のような気分で、美しい瓦つきの家の前など通るたび、ついオタオタと足並みを乱しつつ、恐いもの見たさで、何度も何度もふり返ったりするしまつ。

『太陽』一九八八年八月号　平凡社
日本建築の特集に収録

オレンジ色の花

早朝の円形のガラスの食卓に、オレンジ色のバラの花が一本。猫に殺されたむくどりの首のように、うなだれている。水もなく、セロファンに包まれたまま、虎の門で三日間放置されていた。ふんわりとまるいけれど、何世紀も経た絹のような、崩れかけのちぢれたふちかざりをして、中空に幽霊のように佇んでいる。

三日前の夕べ、はじめて見たときには、たとえようもない輝きを放って、それは砂漠の日の出どき。まわりにバラ色とオレンジ色の花びらをとび散らしながら、太陽がくるくると舞姫のように踊りあがってくる瞬間。ちぎれて飛び交う、そのときのオレンジの色。あるいは、落日の黄金色のナイルの川面に、無数に乱舞する小魚たちのオレンジ色。向いの砂丘も空も、世界全体が、口もきけないほどの黄金とオレンジに鎮まりかえってしまう一刻。

そんなだったオレンジのバラが、こんな姿になって、いま私の目前にいる。

力なく輝きの失せた崩れ落ちる寸前の、この世最後のすがたに、私はカメラを持って向かい合った。しずかにふるえる心。そこには、およそ植物として到達しうる究極のすがたというものがあった。息をするのもためらわれるほどの、かぼそく霊妙な均衡を保って、一本の茎で立っている。その色が、青ざめたオレンジ色であったということ。

　写せるだろうか。息をとめてピントを回し、クローズ・アップレンズで美しい瞬間をさぐり、シャッターを押す。写った。もう一度押す。シャッターがおりない。私はドッキリする。もう一度。またしてもシャッターがおりない。少し離れたところにいる赤いふちどりの白バラを写す。シャッターは力強くおりる。周囲のものはどこもかしこもシャッターがおりるが、何度試してもオレンジのバラのシャッターだけおりない。以前にも何度かこういうことが起きた。写真機のふしぎ。

　私は問いかけるように角度を変え距離を変え、祈るようにシャッターを押す。ほんの少しの角度のずれもゆるされない。やっとシャッターがおりた。たった二度だけゆるした、オレンジ色のバラの無念のこころ。ガラスのテーブルにうつった、もう忘れることのできないうつむいたかお、灯かげのいのち。

『彩・花づくし　花と暮らす・花と遊ぶ』細川護貞監修　一九九二年一二月　講談社

第四章　エジプト

エジプト

油彩を続けて8年経った。油絵具でキャンバスを塗りこめていく作業は、地下鉄の突貫工事に似た忍耐と、筋肉の力を必要とするものではないか、と思われるほどの切実な疲労感につきまとわれ、筆も絵具も使わずもっと楽に、つまりアッという間に出来上る方法はないものか、と考えていると、行きつく所はポラロイドであった。

とりあえずモノクロームの顔写真の上に、ルージュの赤、目玉の青、肌、髪の毛の色などを楽天的に目分量して、ガラス玉や偏光セロファン紙などを散りばめて写したり、グラニュー糖や銀ラメを使ったりし始めた。

そのうち、油絵を描こうとキャンバスの前に立っただけで、眼圧は上る、充血してベタ赤の眼になる、焦点はぼやける、左腕の筋肉の中にシコりが出てはれ上る、という神経的非常事態を迎え、1978年秋の個展作品を、肩から包帯をつるした腕で仕上げると、息もたえだえ子供2人を連れて半ばやけ気味でエジプトへ発った。

「エジプトへ行きなさい。棺オケの中からよみがえるわよ」と誘ってくれた白石かずこさんの言葉は正しかった。

ふるさとに帰りついたような気のするカイロは、人間があふれてこぼれ落ちそうだ。喧噪の中の悠久。猥雑の中の人なつっこさ。果てしなくだだっ広い砂場に、唐突にそびえ立つ巨大な石のかたまり、ピラミッド。スフィンクス。それを食いものにしているエジプシャン達の、ばばっちくてこずるくて、なんと生き生きとチャーミングなド迫力。

壁のたたき具合で、突然出てくるシャワーの黄色いぬるま湯。トイレットペーパーのないトイレに住みついている雀たち。混沌の街を、鳴らし放題のクラクション。いななくラクダ。全員神風の車優先。すきまをぬって、人や山羊がかけぬけてゆく。褐色の大きな手でしぼってくれた、血のように赤いザクロのジュースを飲みながら、コーランのたゆたう黄色い砂漠に寝っころがっていると、砂のはてに焼けこげてゆく落日。

私は、全部の病気を砂に帰して、あたたかいぬくもりだけを全身に吸いこんで、心から感謝しながら東京に舞い戻ったが、死ぬ時はきっとあの黄色い熱い砂の上で！という願望は、あれから5年経った今でも変らず持ちつづけている。

『合田佐和子作品集　パンドラ』一九八三年一二月　PARCO出版

途方もなく魅力的な国——エジプトへの旅立ち

東京は世田谷の夜半すぎ。お風呂から上ってお茶をいれようと台所に立つと、はるか彼方からコーランが聞こえてくる。一瞬、耳を疑ったが、この朗朗たる絶叫は、まぎれもなく先刻エジプトできさなれた朝な夕なの「アイヤーサラート!」ではないか。

寝たばかりの娘たちをあわてて呼んで、私はアパートの5階の窓を開け放った。近ごろ雪国と化した東京の、うすら汚れた白い夜景に身をのり出して、三人で6個の耳をすまして目をこらして声の主をたずねてみれば……、何と湯気を立てた焼き芋屋さんが現われ出て来たのである。

エジプトフィーバーもここまで来たのかと、三人で思わず顔をみあわせてしまったが、内心なんとなく浮き浮きとしている。事実、このヤキイモコーランが聴こえてきた時には、部屋の天井がはりさけて、ぬけるようにまぶしい青空が夜空いっぱいに広がってゆくのを見てしまったのだから。

そろそろ夜が明ける。私は幾度も幾度も窓の外をたしかめる。あのなつかしい砂漠の紋様がもう見えはじめるころだ。肌色やうすむらさきにけぶる葉脈のような浮き彫りのた打つ砂の地図。

'83年12月27日の夕刻、JAL461便で成田を出発した私たち一行は、バンコクとクウェートを経由して、28日の早朝、カイロ空港に降り立った。

5年前のエジプト航空では、香港、マニラ、ボンベイ、バハリーンを経て、30時間近くかかってようやく辿りついたが、今回はずいぶんスムーズだった。椅子のバネはこわれ、トイレット・ペーパーもなかった以前のヒコーキが、妙に愛着をもって思い出される。

殺風景な空港ロビー。日本人がやたら多い。ふと見ると、「化粧室」と拙い漢字のレリーフがあって、日本語の注意書きなどが判読できる程度に踊っていたりする。以前は日本人も見かけなかったし、ショックだった。

朝もやをかきわけバスに乗り込む。窓からの眺めも別の国のようだ。高速道路の両側には、煤煙のしみついたアパートや高層ビルが、びっしりと建ち並んでいる。ほとんどが建設途中のビルだ。半分建てて後は放り投げた、という風情のさびついた鉄筋をビンビンに振り乱したビルの群れ。見るともなく建築現場を眺めていたら、人夫が二人わめき合っている。一人は鉄筋、もう一人は木切れを持って振り廻しているのだ。どうやら、コンクリートの柱にどっちを入れるかで、もめているらしい。ハッと我に返った私は建物を凝視した。驚くなかれ、柱が木筋の箇所もあれば鉄筋の箇所もある、という木鉄混合のビルだったのだ。「エジプトでは建設途中のビルが、しばしば崩れ落ちる」という風評の動かぬ証拠の一つを見届けてしまった私は、落ち込みかけていた気分が、ぐぐっと盛り上るのを感じた。

そうか、街の外観は変われども、エジプト根性は不滅だったのだ。気を取り直してよく見渡せば、何のことはない。木筋コンクリートだけのビルも、白昼堂々建設されていた。アパートの屋上はゴミためのように、こぼれ落ちんばかりのガラクタが積み上げられているし、ヤギが放し飼いされてる所だってある。窓という窓には洗濯物がひしめいて、ボタボタと雫を人ごみの上にたらしているし。ああやっとカイロに着いたのだ、と思った。

スモッグの彼方のビルのすきまから白い太陽が輝く。混沌のルツボに突入しようとするバスのクラクションが鳴り響いて、5、6メートルほど進んだがまた止ってしまった。入り乱れた車と車のわずかな隙間をぬって、人やヤギが悠然と、たくみな身のこなしで

渡り始める。人がひしめき合う歩道に車もひしめいて、すきあらば割り込もうとクラクションはひっきりなしに叫び、音の洪水の中から何やら罵声が聞こえたと思うと、周囲にたちまち十重二十重（とえはたえ）の人垣ができ上る。ピカピカのリムジンの横を馬車がかけぬけ、まっ赤なサイドカーに相乗りした4人のロマンスグレーの男たちが神風（かみかぜ）運転で突っ走った後に、疲れたロバが少年と乾し草を乗せてトボトボとうつむいて残されている。白いターバンを巻いたアラビアのロレンスが自転車をこいでゆく。スクールバスに鈴なりの子供たちは、こちらに向ってちぎれるように手を振る。後になり先になり、渋滞道路の鬼ゴッコ。黒いまき毛に浅黒い肌、くりくりと大きな瞳が人なつっこく笑っている。

　イミテーション・ゴールドのマリオット・ホテルに荷物を下ろし、朝食をとると、ギザのピラミッドへ向う。だだっ広い黄色い砂場にそびえ立つ、茫然とするほど巨大な石のかたまりは、近づくともうゆっくり仰ぎ見ているひまなどない。ラクダと馬とロバを引きつれた男たちが、たちまち私たちをとり囲み、ラクダの背中のコブの間に引きずり上げるからだ。

　私はすばやく人相のよい初老のおじさんを名指しした。料金については思ったとおりひと悶着ひきおこし、あちこちで騒ぎが展開している。名指しのおじさんも、そろそろ料金つり上げにかかってきた。人相など関係ないところが面白い。ただそのやりとりが楽しくやれるか、不快に終るかのちがいだけなのだ。

ピラミッドに腰かけて一息いれていると、馬をつれたチョビひげの青年が近づいて声をかけた。私はアッと驚いた。5年前のあの坊やだった。当時12歳くらいであどけなくチャーミングだった少年は、すっかり別人のように険しい顔立ちで「馬に乗れ」と誘うのだ。ラクダも持たせてもらえず、あの時と同じヤセ馬で、5年間も毎日観光客を相手に商売していたのだ。ピラミッドの陰で、何だか寒くなってしまった私は、あわてて日の当るところまで走っていった。


スフィンクスは、首のところがグラついてきたので改築中だった。古い写真集で見たスフィンクスは、大半が砂に埋もれて、謎めいていてすてきだったが、今では何もかもむき出しにされて、補修されて、次第につまらなくなってゆく。でも崩れてしまっては元も子もなくなるし、しょうがないね。夜だってライトに照らされて、音と光のショウでがんばっているんだし。

もうあとかたもなくなってしまったが、以前はこの砂漠のど真ん中に、ふたつのテントが競い合って、双方、エジプトナンバー1!のベリーダンサーが、芸術としか喩えようのないダンスでお客を魅了しているすきに、野良猫たちが音もなくシシカバブーをさらって逃げる、という光景が、夜な夜なくり展げられていたものだった。

メンフィス、サッカーラの階段ピラミッドへ行く人たちと別れ、カイロ市内を散歩する。車のすきまをぬって7月26日橋を渡り、エジプト博物館へ向う。濃密なスモッグで喉はガラガラ。川っぷちで裸の少年が羊の群れを洗っている。明日は肉になってしまう羊たちだ。見物していると、舟つき場から朝のコーランがきこえてきた。

博物館の一番人気は、何といっても四千年の眠りからさめた黄金のツタンカーメンだ。18歳で死に、質素だったゆえに盗掘をまぬがれたというから、96歳まで隆盛を誇ったラムゼスII世の埋蔵品など出てきたら卒倒ものだろう。以前ゴロゴロころがっていたミイラは、今年は公開されなかったが、ともかく巨大から極小に至るまで手抜きのない、めまいのするほどの宝庫だ。

茫然としたまま裏街をさまよい歩く。皮をはがれた羊のぶら下る肉屋。山盛りの香料。アラビア音楽の流れる市場。八百屋、屋台、洗濯屋。人間と家畜の同居する騒音の雑踏を、ハエと悪臭をかきわけて焼きいもを食べながらほっつき歩く。頭に山盛りのレーズンパンを乗せた女がくる。レーズンが動いて飛んでゆく。

車内も車外も超満員で、はちきれんばかりのバスや市電。列車の屋根に寝そべる男。相乗り15人くらいは常識の車。見る人もなく赤や青に変り続ける孤独な日本製の信号機。

バスは停留所を無視してひたすら走る。乗り降りは身体を張って勝手にやるものらしい。事故の多い証拠に、フロントガラス屋が軒なみ開店している。信号無視の車優先、クラクションは鳴らし放題。それでも人々には手を振り流し目を使い、余裕たっぷりなのだ。人形までがウインクしている。みじめのない国。細胞の動くように蠢く、有機的なカオスの国。

　アスワンへ飛ぶ。空からの眺めはたとえようもない。天地創造の美しさに満ちて、オレンジ色に輝く雲の間から次々と姿を変えては襲ってくる。白蛇のように細く光る一筋のナイル。「ここでなら墜落してもうっとりと死ねるわね！」と、思わず口に出して言ってしまう。

　トランクふたり分をカイロ空港に積み忘れたりしながら、ぬけるような空とおいしい空気のアスワンに着いた。なつかしい水辺のカラブシャ・ホテル。まだらの山羊一族が出迎えてくれる。テーブルのある中庭に出ると、冬だというのに朝顔が咲き乱れている。日光浴をしながら、ルビーのように赤いお茶、カルカディールを飲む。

　アブシンベル神殿へ行くグループを見送った後、帆船（ファルーカ）に乗ってヌビア村へ。舟にねそべって風まかせに流れてゆくと、舟べりにヒタヒタと打ちよせる小さな水音と、ときおり叫ぶ水鳥の声だけ。静寂にひきずりこまれて気が遠くなりそうだ。音もなくすべる水の中から、円筒形の奇岩がポコポコと頭を出す。岸辺にそよぐすすき。草を食む黒ヤギ。岩また岩。

ヌビアの入口は、キラキラ光る白い砂地だ。おっとりと無口な青年舟頭のセイドウを待たせて、村の若衆凸凹コンビの案内で岩山に登る。歌とダンスのおまけつきだ。陽炎のたつ岩かげの随所に、本物だと強調されるま新らしいヒエログリフが、食傷するほど彫りつけられている。頂上に立って風にはためく身体をのばし、眼下のヴィレッジを眺める。50戸ほどの泥の人家がつつましく身をよせあっている。どこからともなく現われるビーズ売りの少女たちに囲まれながら、凸凹ガイドのすすめる人家の一つに立ち寄ってみた。

白壁に絵の描かれた天井のない居間のテーブルで、主婦のふるまうお茶を飲む。飲んだからにはビーズを買う。買ったからにはピンハネをする。という三者三様の暗黙の了解のもとに楽しいひとときが過ぎる。

古代エジプト神話の天神ヌートが夜明けに産み落とした太陽が、今まさに飲み込まれて西の地平へ沈もうとしている。染まりそうなほどに赤い夕陽を全身に浴びて、刻一刻移ろう空と水の黄金色のグラデーションに息をのみつつ、しこたま買わされたビーズを首にかけて、舟で帰途につく。

アスワンからバスでルクソールに向う。ラクダのキャラバンが時折り通り過ぎるのどかな田園風景。ナツメヤシの樹かげを、頭につぼをのせた黒衣の女が優雅に歩く。甘薯をかじりながらバスを追うすばしこい子供たち。

夕暮れ時、ひっそりと残るエドフのホルス神殿、コム・オンボ神殿などに立ち寄る。砂塵よけのためか窓の開かないバスの中は、クーラー付きでもむし暑い。日はとっぷり暮れたというのに目ざすルクソールはまだ遠い。砂ぼこりの窓ガラスの向うに、北アフリカの大粒の星がピカピカとたくさん光って見える。みんなは疲れてぐったりと眠っているらしい。

夜の8時すぎ、やっとルクソールのエタップ・ホテルに着いた。まぶしいほど明るいロビーに、よれよれの一団が倒れ込む。ホテルじゅうに浮き浮きした空気がみなぎっている。今夜は大みそかだったのだ。夜を徹してのニューイヤーパーティが行われるのだそうだ。こうしてはいられない。私たちは途中で買ったスカーフやネックレスを使って、すばやく着飾り、大食堂へ向った。

エレベーターを降りると、そこはもう千夜一夜か、アリ・ババの極彩色の世界だ。目の前でコブラは踊っているわ、イルミネーションつきの靴みがきがいるわ、トトカルチョをしているわ、ナッツ売り、パン作り、実演肉屋。廊下の奥では数十羽のハトがハト小舎に脚をつながれて、ロバや羊飼いの少年たちに囲まれた、生れたばかりの山羊の赤ちゃんを見下ろしている。わらの上で長いまつげを伏せてうずくまる仔ヤギを抱くと私たちみんな少女のようにあどけない笑顔になるのだ。羊飼いの美少年たちと、熱い紅茶を回し飲みする。

シャンパンの泡が飛び交って、金髪、黒髪の紳士淑女が歓声をあげ、近所のバザールの色男たちと熱いダンスに興じる。ニール・セダカやポール・アンカのナツメロにアフリカンリズムがブレンドされて、強烈な乗りである。コケティッシュな三流のベリーダンサーがフロアーに踊り出る。私たち一行の中から勇敢なふたりの日本女も、ベリーダンサーを向うにまわして踊り出る。やんやの喝采の中にアラビアン・ナイトの祭りはフィーバーして深みにはまってゆくばかり。

羊頭のスフィンクスが行列して出迎えるカルナック神殿。ルクソール神殿と並んで、ここは明るくダイナミックな力感に溢れていて、かつてのテーベの都が彷彿される。ラムゼスII世の大足の下に、小さくかくれた王妃の像。石でできたこれらの像に近よるたびに、ふとよぎる生身の気配。今日は１９８４年の元旦である。

ホテルの窓からローズピンクに浮かび上って見えた対岸の死者の都（ネクロポリス）へ舟で渡る。まず「メムノンの巨像」。古代のある時、巨像の一つの上部が地震でこわれ顔面に亀裂ができると、像は日の出とともに金属的で奇妙な声をあげて泣いたという伝説を持つこのふたつの巨像の足元では、今も農民が鋤を使っているというが、まわりの神殿はあとかたもなく、ただ野っ原に風が吹きぬけるばかり。

王家の谷にくる。ここは見渡すかぎりの鉱物の世界である。風化した禿山につぐ禿山の中におとなしい黒犬が屯（たむろ）している。エジプトのアイドル美少年王「ツタンカーメン」の墓を残して、すべて盗掘され、空洞と化してしまった墓穴めぐり。かすかに残された壁面を手がかりに、もどかしく古代の栄華の痕跡をたどる。ミイラを初め、彼らがこだわり続けた死後の世界とは何だったのだろう。暗い墓室に踏み入って、そこに描かれた来世の楽園をつぶさに眺めると、潤うナイル河谷の日常描写で埋めつくされているではないか。愛するナイル河谷での現世をひたすらに永遠のものにしたかった、切れ長の目をしたほほえましい人たち。

美しく威厳を持った清々しい壁画人物の中にとつぜんの乱調、マンガのようなヒョーキン者の顔がぬるりと正面きって現われた。頭が平べったく耳のばかでっかいこの男は、あちらこちらに顔を出す。まっ青にぬられたある墓室の天井には、方眼に白線が入っていて、宇宙か天体としか喩えようのない空間に、このヒョーキン者ばかりが数人描かれていたのだ。彼らの傍らには、つねにナメクジと円盤がお供している。

王家の谷の続き、デル・エル・バハリに立ちはだかる断崖を背にしたハトシェプスト葬祭殿も補修中であった。附近一帯にはガレキの上に盗掘者たちの子孫の家々が並んでいる。ひなびたレストランの水色の小さな門を開けて、ロバや犬の眠る中庭で昼食をとる。砂や羽毛の混った茶色のシュガー。香辛料のきいたピラフ。完熟トマトの香草添え。ビールにあつい紅茶。この家の主人がにじり寄ってきて、しわくちゃの新聞紙にくるんだ煤けた新製品を「アンティーク、200ポンド。安いよ」とささやく。

ふたたび、ハイエナのように群がりマントヒヒのように叫ぶ舟つき場の土産物売りを、振りほどき振りほどき、命からがら舟にとび込む。この辺のマントヒヒはどういうわけか「ハウマッチ!! ハウマッチ!!」と絶叫するので、のぼせ上ってどちらが買い手でどちらが売り手だったのか倒錯してしまうのだ。というようなアホらしいお定りのコースを楽しんだあと、馬車でバザールにくり出す。

バザールの匂いは一種独特だ。砂ぼこりに香油と糞のブレンドされたものがベースとなり、カイロではコーランと排気ガス、ルクソールでは「ハウマッチ!!」、アスワンでは水パイプと毛皮の匂いがプラスされる。バザールでの物々交換のベスト3は、100円ライター、ボールペン、鉛筆で、電卓は厚ぼったければ第4位。羽根のように薄いものは1ピアストルの値うちもありません。

夕方乗り込む予定が大幅に遅れ、夜中近くにルクソール駅へ。砂ぼこりにまみれたナイル・エクスプレスが横たわっている。ナイルの落日を眺めながら食堂で……というロマンチックな夢もしぼんだ。あとはまっくらな闇から闇へと移動するだけ。病人のいるコンパートメント。「ウゾ」をくみかわし笑い声の絶え間もないコンパートメント。朝がきて昼がくる。ごってり汚れた窓から外を見ていると、アレレさっき歩いていた女の人がまた歩いている。列車よりも歩く人が速い場合もあるのだ。「ナイル鈍行」と名づけたフランス製近代列車は、午後になってやっとカイロに帰ってきた。

カイロの爆発的なラッシュアワーの中をヨレヨレの大型タクシーでモスクに向った。大通りでグレーのスーツに水色のネクタイをしたゴリラに出会う。運転手がウインクしてウガンダの婦人警官だという。とたんに市電をよけようとしたダットサンと接触した。ガギギギー。気持よい衝撃。車を降りてキズの具合いを検討する。双方とも幅10センチ長さ50センチ。仕方ない、両手を上げて納得、解散。所要時間、2分。中世然としたモスクに着いた。何百人の男たちがひれ伏して、ちょうど夕刻のコーランの大合唱が始まったところだ。「アッラーアクバル!!」あたりの灯火もゆらぐようなわれがねの大音声が、頭上のスピーカーからうちおろされる。哀感のこもった「アイヤーサラート」。この響きには遠いふるさとに呼び戻されるような一種陶酔的な何かがある。

モスクの角を曲って、たき火を踏み消して騒いでいる元気のいいおかみさんたちの側を通りぬけると、ハン・ハリーリの迷路のようなバザールの入口だ。エジプト最後の夜である。むせ返るように人間臭い迷路の中を、ぐるぐると巡る。立ち去り難い思いを抱いて、いつまでもさまよっていたい子供のような私たち。

『マリ・クレール』一九八四年五月号　中央公論社

エジプトへ

私の郷里の高知に、室戸岬という台風の名所がある。岬の近くの洞穴に、青黒い貫頭衣のようなボロ服をまとった男が棲みついていて、夕暮れ時など穴の奥に暖かいオレンジ色の灯がともっていたりすると、あの奥にはきっと沢山の書物のある驚くほどきれいな居間があって、テーブルの上には、香りのいいコーヒーというものが湯気をたてているにちがいない、などと空想したものだ。

それから、画家クロヴィス・トルイユ描くところの「タクーバ」の男。将校と姦通した妻を串刺しにしたアラブの男の実話をもとに描いたものだが、打ちすてられた大砲の下で、ヒシと抱き合う軍服姿の西欧の色男と、盛装した美しい妻。二人は長刀で串刺しになっている。あたりに散らばる白骨。飛び交うコウモリ。土気色した太陽が、にぶい若草色の空に張りついている。ザクザクと砂を踏みしめて彼方へと歩み去るアラブの男の、思わず後を追いかけたくなるような、風になびく長衣の後ろ姿。

後ろ姿といえば、山頭火。〝うしろすがたのしぐれてゆくか〟この一句しか知らない頃から、なぜか他人のような気がしなかった。つい二、三年前、山頭火の死んだ日が、一九四〇年十月十一日未明、丁度私の生れた日時であるのを知って、ドッキリした。しかも放浪の末、棲み家も高知に近づいていた頃だ。

更に、幼い頃「ババオンチャン」と呼ばれる威風堂々モーゼのような大男の乞食がいた。ぼろ衣で門口いっぱいに立ちふさがると、おかしがたい尊厳が漂って、金品を与えに走る母たちの方が貧相にみえて、子供心にも可笑しかった。

さて、私がエジプトに魅せられてから六年が経った。来年から子供たちも一緒に、アスワンという上エジプトの街に移り住もうと決心して、準備にとりかかっている最中だが、そのエジプトでは、砂漠の中を、ナイルのほとりを、すその長いガラベイヤ服を着流して、いざという時役立ちそうな眼つきの男たちが、悠然と歩いているのだ。その姿は、長い間好きだった山頭火や、タクーバの男や、ほら穴のガンクツ王たちとのダブル・イメージに他ならない、ということに最近気づいた。この、趣味というか好みというか、幼い頃からの一貫性には我ながら感じ入ってしまう。

ベッドに寝ころがって、船室から外を眺めるように、窓の外を眺めてみる。私のベッドは、大型のジュラルミンのトランク四個を並べたものだ。低い木のテーブルの椅子も、全部トランクである。いつでも引越しできるように、気分だけでも旅立ちの準備をしていたらしい。いったい何個あるんだろう。眼で数えてみる。大小とりまぜ二〇個近い。

コンクリートの窓の外に、丸いポールが二本見える。白いペンキがはげ落ちて赤茶けている。仮住いのつもりのこの高層住宅で、船旅きどりの日々を暮らしているうちに、十七年もの年月がアッという間に飛んでいってしまったのだ。半定住した遊牧民みたいな、もの悲しい気分になってきた。早くこの湿気の多い日本庭園をぬけ出して、砂だらけのあの国にいってしまいたい。このベッドのトランクだけさげて。

『旅』一九八四年十月号　日本交通公社

ネフェルチチ

エジプト最南端の街、アスワンのはずれにあるヌビア人の村、ジャバルタゴウクの泥の家で、朝を迎える。

いつものように、ぬけるような青空。二階の窓から風を見る。絶好のファルーカ（帆船）日和だ。

ドリやハッスーンやイドをさそって、ナイルにかけ降りてゆく。

私の舟の「ハトホル」は、ドイツから来た旅人を数名のせて、コムオンボまで遠出をしているので、今日は、ノンノス・スカラベがヘルバー（ヘルパー）をしているアハマドの舟「ネフェルチチ」に乗る。

ヘルパーというと、ふつうはキャプテンの指図に従って、かじをとったりマストに登ったり、イカリを上げたり下げたりするのだが、ノンノスの場合は、なんにもしない。ただ飲んで食べて、笑って寝るだけ。

それなのにひっぱりだこのノンノス。歯みがきのＣＭに出したいような、まっ白い歯のぎっしりつまった大きな口が、笑い声をたてて、黒いが上にも黒い細長い顔中に広がってゆくと、なぜだか知らないけど、芯から満ち足りたしあわせな気分が、ナイル一面に、さざなみのように広がってゆくのが見える。

舟は、鏡の上をすべるように走り、エレファンティン島をひと回りし、アガカーン廟を過ぎ、象岩の間をすりぬけて、どうしても名前をおぼえることのできない小さな神殿のそばを通ったとき、とつぜんノンノスが私のそでを引っぱった。

「こないだ、イギリス人があそこ掘ってたら、小さな金の舟が出てきたんだ！」

ノンノスの指先を見る。かわいらしい小神殿の向う、ナイロ・メーターのそばの、崩れかけたクヌム神殿の下あたり。

それは、軽く両手を広げたくらいの黄金の舟だったが、ベリーデンガラス（デンジャラス）なので、もう二度とそこを掘らせないことにした、という話。

「どうしてデンガラスなの？」

「なぜって、イングリージ（英）もフランセ（仏）もジャルマン（独）も、エジプト中掘り返して、出てきたもの全部持ってっちゃうからだよ。」

「フーン。こないだっていつのこと？」

「エーと、十五年くらい前だったかな。」

「エー！　十五年前！　じゃ、ノンノス、あんた赤ン坊だったんじゃないの！」

「キャハハハ……！」

　ノンノスの白い歯は満開になり、つられてイドもドリもハッスーンもみんなそっくりな口をして笑い声をたてた。

　ファルーカの白い三角帆は、風にたわんで、てっぺんに縫いつけた「ネフェルチチ」の文字が、ナイルの水の照り返しをうけた日の光に、ゆらめいている。

　日の光は、帆のゆれるたびに、金色の光線を投げかけてくる。

　それは、あの絵の光線にそっくりだ。

　あの絵の中には、ネフェルチチがいた。

　ネフェルチチは、ロータスフラワーのように長い首をすっくとのばし、顔をあげ天を向いて立つ王妃だった。「美しきもの、来たれり（ネフェルチチ）」だった。

　エジプトにおける多神教を、太陽神のみの一神教にするという宗教革命をおこし、後に人類初の個人といわれた異端のファラオ、ＢＣ一三七〇・第十八王朝の十代目の王、アケナトンの妻として、最も熱烈な信者でもあったネフェルチチが、その太陽神に、夫と娘達と共に、うやうやしく供物をささげている姿を描いた絵がある。

太陽神・アトンからさしのべられた無数の金色の光線の先には、人間の手がついていて、私は、この光線の手にそっくりなものを、ファルーカの帆かげや、対岸の黄色い砂丘の、眠そうな巨大なまぶたの上などに降りそそいでいるのを、見かけることがあるのだ。

ネフェルチチは、パピルスに描かれたり、ペンダント、ショルダーバッグやポストカード等になって、エジプトの到るところにいて、かの有名なクレオパトラや、唯一の女ファラオとして君臨したハトシェプストを、軽く引きはなして、ひとり美しく屹立している。

私は、バザールや街角でネフェルチチに出会うと、どんな狂ったデッサンのものであっても、どんなに急いでる時であっても、吸いよせられるように近づき、なんて美しい……と、じっと、少なくとも五秒は凝視してしまいます。

一年に何度か車で往復する、カイロ―アスワン千キロメートルの道中で、テル・エル・アマルナの断崖絶壁を、ナイルをへだてて眺めるたびに、今は廃墟となった、アケナトンとネフェルチチと、幼いツタンカーメン達の住んだつかの間の幻の都、生命への愛にあふれた芸術の都＝アマルナの光景が胸に迫って、やるせなくなってしまう。

左眼の欠けたネフェルチチの胸像は、このアマルナ芸術の最高傑作であるが、ノンノス・スカラベの言う、ベリーデンガラスなジャルマンによってその昔、トリックを使ってまんまと持ち出され、今もって西ベルリンの博物館に幽閉されたままである。

一説によれば、アジアのミタンニ王国から来た、ともいわれる異邦人のネフェルチチにとっては、とてもふさわしい境ぐうかもしれないけれど。

いつか、用もないのにベルリンを通ったりする日があって、その日は冷たいみぞれの降る日だったりして……。そんな風にネフェルチチに会ってみたい。

そう思っていた私は、ベルリン博物館蔵の大エジプト展が開かれる、と知ってギョッとした。

彼女がついに東京へ？　そ、そんな！

ところが西ではなく、東ベルリン博物館で、がっかり、ではなくほっ！とした。

ここにも石のネフェルチチ頭部がある。

ドイツがエジプトからコレクションしてきた数々を、ゆっくりドラマチックに味わって、それからもっとゆっくりと石のネフェルチチにごあいさつをしてこようと思っている。


『うえの』一九八八年五月号　上野のれん会

永遠の国エジプト

空から見る砂漠は、肌色とうすむらさきに煙る、繊細な葉脈の浮き彫りだ。のたうつ砂の地図の中で、銀色の蛇のように細く光る一筋のナイル。星とナイルに導かれた、砂、砂、砂、岩、岩、岩、岩、の王国。時の始まりの場。偉大なる砦。神々のハーレム。〝月の砂漠〟。ここにいると、時は楕円形を描いて、ゆっくりともどってくる。楕円形は横たわって眠りにつこうとしている0（ゼロ）のようで、とてもやさしい。

ここでは、あの世がとても近い。透き通った回転扉を、くるりと押すだけ。とげとげしさも危機感もない。明るく抜けきったここへくると、人はみな、自分の罹っていた病名を知ることができる。動物と人間との分かちがたい共存。血が赤く、濃い。もたざる幸せ、インシアッラー（神のみ心のままで）。威風堂々、ごあいさつが好き、おしゃべりが好き、声の大きいほうが勝つ、強制と自由意志、歓待と略奪が混合している。悲劇を喜劇として語ることが好き、ばかばかしいほどの喧噪の中にも、オリエントの沈黙が潜んでいる。いさぎよさ——それは、吹きおろす風が砂丘の姿を刻々とかえて、跡かたもなくしてゆくありさまに、似ている。

すべるようにナイルを渡る。白い帆かけ舟（ファルーカ）にねそべって、ヒタヒタという水音だけを聞いて、目前にひろがってゆく、息をのむほどに美しい岩や、陽のあたる砂丘や島をうっとり眺めていると、息をのむたびに、灼熱乾燥火焙りの刑罰、たえがたい日常のモロモロが呑みこまれてゆき、対岸のあたたかいクリーム色した砂、とろけるようになだらかな丘の砂の一粒一粒に、何千もの人がいるのが見えてくる。ナイルにすがりついて生きている人々の上に、ななめに降りそそぐ陽光の、金色のほそい針千万本太陽の手。

冥界にきてしまったのか、と思うほどの寂寥が果てしなくつづくと、突如、絵の具箱をひっくり返したような極彩色の女達や、街のさんざめきが、降ってわいたように散る。岩かげ、うらぶれた泥の家の中の、意表を突く天衣無縫なカラフルなデコレーション。わが右目が金、左目は夜。ネフェルチチの、失われし左目の謎。天上から地下へ、地下から天上へと、たえまなく出発し、また帰ってくる。時間のちょうつがいのない国。

『パンプキン』一九九二年六月号　潮出版社

タイトルは、特集タイトルより

あの国の空気が甘かった

あれはたしか、一九七八年のことだった。はじめておとずれたエジプトで、最南端の街アスワンにまで足をのばした。ぬけるような空がどこまでもつづき、ゆるやかに流れるナイル川を、白いファルーカ（帆かけ舟）がすべってゆく。

わたしは、ファルーカに乗ろうとホテルから出て道を渡り、白黒まだらのヒツジの群れをかきわけ、水辺に下りる石段のちょっと手前の路地をとおりぬけた。なんのへんてつもない、石ころまじりのさびれた砂地をとおり、石段に出たとき、とても奇妙な感じがした。

はじめて来たんじゃない！　いつかとおったことのある、というよりも、以前住んでいたことのある、という気分におそわれたのだ。

たしか以前にも、こんなふうな石ころ道を、石につまずきながらとおりぬけて、石段の上に出たんだった。石段の向こうには、果てしなくつづく青い空間があった。

雲の切れ目からちらりと陽が射すように、そんな記憶の一コマがよぎった。何度来てもおなじだった。

なつかしさに胸塞がれるような土地の磁力。その石ころ道と石段と、その下を流れるナイルに引き寄せられるようにして、一九八五年、わたしは一九歳と一二歳の娘二人を連れて、移住してしまった。

そして、その石段からはじまる、ジャバルタゴウクという名のヌビア人の村の、角から五軒めの家に住みついた。永住するつもりだった。

日本人として何十年も日本にいたのに、どうしてか居候か下宿人のような気持ちしかもてず、うろたえていたわたしは、はじめてふるさとをみつけて、そこに身を投げた。

ナイルのほとりの、その石段の上に坐っていると、時は楕円形を描いてゆっくりともどってくる。安らかで、怖いものなど何もなかった。

というわけで住みついた岩山と砂のジャバルタゴウク村は、折りしも初夏、太陽が絶対専制君主として君臨しはじめたばかり。真夏ともなると、室内五〇度、砂地七〇度、道ばたでピーナッツが炒れる灼熱地獄の日々。心頭滅却すれば火もまた涼し、以外生きぬく道はありません。

猛暑に加え、絶えまない砂ぼこり、ハエ、蚊、しらみ、フナムシ、アリ、ゴキブリ、風に乗ってやってくるサソリ、スカラベ、無知、不衛生、素朴、ガンメイ、そこいらじゅうにころがるウンコ、ぶしつけ、親切、陽気、鈍感、おしゃべり、ナーバス、のろま、せっかち、冗談が好き、マヌケ、ズルイ、やさしい、ウソツキ、おおらか、横着、難聴、etc. のなかで、もみしだかれ、しかもラマダーン（断食月）になると、一日五回といわず八回くらいは絶叫する、とてつもない音痴のコーランと、女たちのけんかしてるとしか思えないような会話、子どもの泣き声、一晩じゅうトキをつげるニワトリ、信じられないほど下品な、ホゲェ・オエオェゲホー・ゴボゴボというロバの大声、ラクダの汚い声、夜中ほえ狂う野犬、残飯をねらって部屋のなかでミッドナイトパーティをくりひろげるネコたち。

このうだるような集落の路地をぬけて（三〇メートルのあいだを、各戸のオババたちのおしゃべりとつき合いながら這い出るのに二〇分）、ナイルの岸辺に出ると、とつぜんの天国、ファルーカの舟つき場に出ます。

すべるようにナイルを渡る舟にねそべって、ヒタヒタという水音だけをきいて、目前にひろがってゆく、息をのむほどに刻々と美しい岩や砂丘やエレファンティン島、アガ・カーン廟などをうっとり眺めていると、息をのむたびに、たえがたい日常のモロモロが呑みこまれてゆき、ここはもう、わたしの超現実のつい（ヽ）の（ヽ）すみか（ヽ）となりゆくのです。

〝お母さんはもういろんなことをやってオワッタ人だから、ここにいても平気かもしれないけど、わたしたちはまだこれからなのよ。勉強したいし、本も読みたい。映画もテレビもネオンも恋しいョー〟と嘆く娘たちに根負けして、ヌビア永住実行一年目にして、ともかく東京へUターンした。

たったの一年空けただけの東京では、アスファルトの平らな海と、靴音たてて渡ってゆく、大群の魚のような人びとの群れにまぎれこんだ、異形のタコのように、ひとりうろうろするばかり。

砂ぼこりも舞わず、ロバもいななかず、なすべきこととてなにもなく、命に別状もない、ただひたすら迷子の、見知らぬ春がありました。

「あの一年は一〇〇年だった」という娘。身体は東京にいても、一日の大半はナイルのほとりで暮らしているという日々がそののちずっとつづき、何度となく行き来をくり返しているうちに、何人もの親しい友だちが妙に急ぎ足で、この世から去ってゆきました。

東京でも、ジャバルタゴウクでも。

あそこでは、ナイルのほとりでは、あの世はとても近い。透きとおった回転扉をクルリと押すだけだ。シャハロバーンは、ハトの首を切り、ホウディヤは小麦粉をふるい、アラーウィはロバのお尻をたたいている。モナは元気にわが家に飛びこんでくるし、ターハは路地でコップ酒をあおっている。

東京では、あの世はとても遠いらしく、かきわけてもかきわけても、何もみえてきません。

また何度か引っ越しして、いまは葉山。目の前にある山が、一年くらいみえなかった。海や山があっていいですね、という訪問客のことばでやっとみえた山は、なんか貧乏くさい色をしていた。ああこの山がクリーム色した砂丘だったら、と思わず口にだしそうになった。せっかくの海も、単なる水たまりでしかなかった。

だが、待てよ、とこのごろ思う。

なつかしくはないが、ちょっとした路地裏を歩いていると、かすかな現実感が、ちらちらとみえるのだ。もしかしたら安らげる、とても小さな泡のような空間ではあるが……。少しずつ事物がみえはじめてきた。

ナイルのほとりでの至福感も、過酷な気候と泣き笑いのドタバタの日常も、砂丘もナツメヤシの木もファルーカもないが、なにかしら何でもない気配が、ここにはある。ジャバルタゴウクと、この葉山の路地裏がなに気なく重なって、いま、わたしは、ふたつを同時に感じ始めている。

少し歩けば海に出る。ナイルのようでもある。あの山はとても砂丘とは思えないけれど……。コーランに代わるとなりのお寺の鐘は、一日三回。
あの国の空気が甘かったように、いま居るここの空気も、どうか甘くなっていきますように。

『季刊民族学』六四号　一九九三年四月　千里文化財団

第五章　書評、美術評など

不忍の池に現われた紅テント

あの頃のこと。どこでどうして聞きかじったのかもおぼえてはいないが、黄昏の新宿花園神社の境内まで出向いた私は、この世ならぬものを見てしまった。途中から嵐になり風で根こそぎゆらぐ血のようにあかいテントの土間に坐って、ああ遅かったのでは、と妙に自分の年令のことが気がかりになった。もう芝居のすじも由比正雪もどうでもよく、今の今まで私は生きていなかったのだと、そのことだけが証明されたみたいであった。それから毎年、神出鬼没の唐十郎一座を追って空地や境内や路頭をめぐった。そのうち楽屋うらから家庭の事情にまで精通してしまったが、夏の夕刻など特に、あの紅のテントがたとえようもなくやさしく猛々しく呼んでいるような気がして誘蛾灯にむらがる蛾の一匹として飛んでいってしまうのであった。芝居のはねたあと、テントをたたんで何事もなかったかのようにもとの空地と暗闇だけを残して風のように立ち去ってしまう彼らを私は愛した。この状況劇場に関してだけは、私には如何なる批評もできはしない。ただただ全てがよいのである。修羅を修羅として生きる力を与えてくれた。現実に幻をみせてくれるかけがえのない存在であった。死が美しいものだと知った。というよりは美しい死を知った。

この春、急に彼らがいなくなったと思ったら朝鮮海峡を渡って何事かをおこなってまたもどってきた。と思う間もなく不忍の池の水上音楽堂で二都物語を上演した。いつもは土をけたてて走る場面が今度は浮橋から下のドロ池に杌せおったまま飛びこんでその代りをした。うれしかった。私が絶賛してやまぬ李礼仙は、せっかくの衣装が汚れるのでイカダを組ませて大いに気どってその上に乗って水を渡った。ジョン・シルバーや由比正雪、少女都市、腰巻お仙、吸血姫となつかしい過去のどの作品にもほんとうのロマンがあったが、二都物語は特に芝居の途中、居ないはずの初代麿赤児が浮橋の向うに突如仁王立ちになったり、あの哀切な四谷シモンの幻が立ちあらわれたりして、私個人としては現実と虚構の区別まったくなしの不思議な舞台であった。

そのようにしてどの役者がぬけようと、その幻影はいつの舞台にもつきまとってついには役者すべてがテントごと消え果てようと、永遠に紅のテントは空地を求めて季節ごとの夕やみに立ち、舞台はかぎりない怨念のやさしさでつづけられるのであろう。

『草月』八三号　一九七二年八月　草月出版

『陽炎座』 大胆不敵、絢爛豪華の美しき悪夢

世田谷の私の部屋の窓から、新宿の高層ビルが、ガスライターのように並んで見える。夜ともなると、四角い無数の灯がともり、赤い小さなランプが、手旗信号のように点滅する。なにかしら非現実的なこの遠景は、近づくと、更に非現実的な仰ぎ見る空間となり、それは、空とコンクリートで構築された、匂いのない架空の都市のようで、私にとっては、圧倒的に解放されるチャーミングな場所なのである。

8月20日の夕刻、私は玉電と呼ばれるチンチン電車に乗り、小田急の各停電車に乗りついで、のんびりと、そのビルディングの谷間へと向った。「ツィゴイネルワイゼン」でおなじみの銀色のドームが、巨大なガスライターに押しつぶされもせず、けなげにすっぽりとおさまって、光っている。

ドームの前には、こんがりと陽焼けした出演者や製作者の笑顔が、並んで見える。銀色には、焼けた肌色が似合うのを、今日は一つ発見した。白いドレスを着た加賀まりこ

のにこやかさが、かわいい。(この人は、なぜスクリーンの中ではいつも、この素顔のよさがあまり生きないのだろう?)

前回の「ツィゴイネルワイゼン」の時、どしゃぶりの雨の中を、東京タワーの下のドームに、30分も遅刻して駆け込み、一番前の一番はじっこで、あれよあれよとのけぞって見たのだが、その時は、銀色には雨がよく似合う、と思ったのである。

「ツィゴイネルワイゼン」にしろ、「陽炎座(かげろうざ)」にしろ、タイトルだけで、すでにある種の説得力を持つ。それに加えて、銀色のドームを背負った、カタツムリ風ジプシースタイルがある。しかも、長い間干されていた監督とカメラマンが、最前線で切り結んでいるのである。そのドラマとロマンとスリルが、豪華さとなって、なんともいえない快感をおぼえるのだ。(私は映画雑誌で見た、「ツィゴイネルワイゼン」の時のスチール写真の、御老体らしい鈴木清順監督が、手を差し上げて何ごとか号令している下で、これまた御老体の永塚一栄カメラマンが、地べたに腰をおろして、毅然とカメラでねらっている、うすぼんやりとした活版印刷の白黒写真を、感激のあまり切り抜いて、「すごい老人パワーなのよ」と、映画も観ないうちから、あちこち電話をかけたおぼえがある。)

味も香りもうすくなる一方の、昭和の末期に、ゲリラの如く現出した、大胆不敵、絢爛豪華の美しき悪夢。夢も醒めねば夢ではない。と、たしか映画の中でも云っていた。

実をいうと、おぼえている台詞は、このくらいしかないということに、あとで気がついた。そういえばまるで無声映画のようだった。それほど、視覚的に押しまくってくる画面の連続なのである。

まず、タイトルバックの川の流れ。グリーン・ゴールドの綾錦。この部分だけでも、もう一本の映画を見終った、という充足感を与えてくれる。ああもっと、何時間でもこの流れを見つづけていたい、と思った。そういう場面は、随所にある。花かごを持って、病院へ行く途中の石段。ひきちぎられて、ゆっくりと飛びくだける、花かごの中の可憐な花びら。足袋をぬいで、男を誘うヒロインの、白いほの紅いつま先の、クローズ・アップ。沼。祠。散るさくら。まっ赤なほおづき。

魔法にかけられたように、異次元のなつかしさを感じる。ずっと以前、どこかでたしか見たような……。生まれるずっと前のような……。このなつかしさの中に、大楠道代が棲みつき、自在に息づいている。彼女自ら発光しているかのような、ふしぎなあかりが、身体中に灯っている。大きな蛍の入った行燈のように。

私は、彼女のような光り方をするサボテンの写真を、見たことがある。星明りの他、どこにも光源はないというのに、そこでは、見わたす限りひっそりと、砂も石も、青白い熱のない光りを発している。異形のサボテンは、その中でひとり不可思議なポーズをとって、立っているのである。しかし、大楠道代はサボテンではない。何にたとえればよいのだろうか。時折り、まぶしそうな猫のような鼻つきをすることがある。そういう時には、彼女の口もとに、ピンと立った白いねこひげが数本はえてきても、ちっとも変ではないと思えるほどだ。

あちら側とこちら側をいったりきたりして、三途の川の流れにも身をまかせたかも知れぬ彼女の対極に、夫である中村嘉葎雄がいる。私は、中村嘉葎雄という俳優が、こんな風に演技する人物だとは思ってもいなかっただけに、大層意外な印象をうけて、俄然注目してしまった。(まだ観ていないのだが、「ラブレター」という作品で、金子光晴を演じたというのも、これで合点のいく思いがした。)この映画の登場人物の中で、謎を残し得た人物は、私にとっては、大楠道代と中村嘉葎雄である。彼は徹頭徹尾、俗物的言動をとっているにもかかわらず(であればこそ)謎を残し得た、と私は思う。かなしみを理解している人物であるゆえ、観客に気はずかしさを感じさせなかったのであろう。

鈴木清順の映画は、ストーリーなど仔細かまわず、といった態で、芳醇無比のイメージが、これでもか、これでもかと湧出するので、謎解きなどはナンセンスだし、第一、謎がエンドレスなのである。謎の街角を曲ったとたん、その向うには、もっと手ごわいなぞが、△○□、と息をこらして待ちうけているのだから。

極彩色のひそんだモノクローム映画、というのが私は好きなのだが、これは正に、極彩色で描ききったモノクローム映画である。そんなものが有り得るなどとは、想像もしていなかった。

幼い頃、土佐の祭りで、絵金の地獄絵の灯籠をのぞき見た夜の光景が、二重写しになる。しかも唐突なことに、ディズニー映画のピーターパンが、ウェンディたちに別れを告げ、月に向って船出をする、子供心にも胸しめつけられるラストシーンが、更にオーバーラップしてきたので、われながらうろたえてしまった。

この「陽炎座」という映画には、見えないものが映って見えるような、記憶が呼びさまされて、画面の進行と並んで、私自身の個人的イメージも同時に上映されているような、実にふしぎな間が、ぽかぽかと口を開けているのである。

やわな神経では、思いついただけでめげてしまいそうな、ばかばかしいほどに過激で過剰な心象風景を、果敢にスクリーン上に再現してみせるところなど、ちょっと、ケン・ラッセル監督に共通する超人ぶりである。しかも、そのスクリーンからもはみ出し、こぼれ落ちてしまう程の、異様にあつい何かは、いったいどこからくる何ものなのであろうか。

ところで、「陽炎座」の上映の前に、資生堂のＣＦが堂々上映される。この「メイク

23秒」のCFで、監督がブルージーンズのつなぎを着用し、美女のとなりで「なんじゃ、こりゃあ」というのであるが、このあっけらかんと元気いっぱいのおとぼけには、人をくったおかしさ以上のものがあった。この人、もしかしたら自分の労作を見て、「なんじゃ、こりゃあ」と、ひょいとひっくり返してしまうことも、ひょっとしたらあるんじゃないかと、一瞬ぞくりとさせられてしまった。

このユニークな監督の背後から、どこか茫洋として童顔の、荒戸源次郎氏の大きめの姿が、見果てぬ夢の仕掛人として、最後にクローズ・アップされると、エンドレス・マークと共に第三の夢の予告が上映されるのを見た、と私は今では本気でそう思っているのである。

『陽炎座』日本映画　一九八一年　鈴木清順監督

『キネマ旬報』一九八一年一〇月下旬号　キネマ旬報社

『メフィスト』一夜の夢のように美しい空中の楼閣

どう書きだせばいいのか、つめたくなったコーヒー片手にウロウロ悩んでいたら、ハードボイルドのY氏から電話が入った。ある著名なマンガ家の彼女にふられてしまったある男が、やけくそのあまりアフガン戦争に参加した。唯一の日本人兵士としてである。そのパワーの源は？　と問えば、「あの女よりずっとずっと有名になって見返してやりたい」一心だったそうな。それと戦争が短絡してしまうところに、何ともいえない落度が見出せて思わず「ウーンいい男だね！」となると、すかさず「その男、やみつきになって今度はエルサルバドルへ戦争しに行くといってるんだ。どう会ってみたいでしょ」「ウンあいたいね」「じゃ〇月〇日に手配しとく」ということになってしまった。肩書きが兵隊というところがよい。私はこの話をきいているうちに、なんとなく「メフィスト」の導入部を思い起こしてしまったのだ。

一九二〇年代のハンブルグ。劇場の楽屋うらでオペレッタ観客の拍手喝采を聞きながら、というよりも狂ったように耳をふさぎ、ステージの上の女性歌手に対する嫉妬にジタバタとのたうちまわる、場違いに大げさな男がいた。前髪はうすく腹は出て品性のどこか卑しそうな男である。ヘンドリック・ヘフゲンという俳優であるが、例のスターの女性歌手に、「有望な方ですってね」とちょっとお世辞をいわれただけでコロリと態度をかえて、その横柄さと得意満面さを人前で臆面もなくさらすところなど、「死んだれ、お前なんか」という気をもはやムラムラと起こさせるほどの代物なのである。

日当りのいい場所だけを欲する彼は、他人をかきわけへし折り押しつぶしてでも影の場所から逃れ出ようと試みる。そういう意味では完全な隠花植物的人物である。しかも天才的適応能力を駆使して、どうすれば生き残れるかをいち早く察知実行するのである。更に始末におえないことに、自分の裏切り行為に対して鈍感というわけでもないので、劣等感に責めさいなまれた後ろめたい表情をしばしば見せつつも、要所要所で女に泣きを入れて救ってもらうのである。

私はこのヘフゲンという男が、徹頭徹尾きらいであり、州首相のゲーリングにおだてられて増長し、あとでしっぺ返しをくうところなど、ざまーみろと溜飲の下る思いがしたほどである。こんなにスクリーンと客席の距離を感じさせなかった映画も珍しい。三時間があっという間であった。

私はなぜこんなにまでこの映画に感情移入してしまい、憎しみをこめてこの男を見つめつづけたのだろうか。答えは簡単である。私の周囲に似たような男が相当数いたからである。イリュージョンでないものは愛だけである……ということを知ってしまった女の眼から見れば、逆手にとっていかないかぎりは不毛としかいいようのない男なのである。しかし、こんな男にひっかかった女が、どれもこれも、なかなかに腹のすわったいい女であるというところに一つの謎がある。（謎といえばゲーリングの愛人がたえず浮かべているゆったりとした微笑など、モナリザも色あせるほどの謎々である）。あまりにも自己防衛がすぎる故に、逆に無防備ともいえるヘフゲンの空中の楼閣さわぎは、だが悲しくて一夜の夢のように美しくもある。この楼閣建設に命かけるパッションのよってきたるところは何なのであろうか。電話インタビューというわけにもいかないので、歴史が与えた役割りを運命に従って演じ切ろうとしたのだ、ということで納得しようと思う。

舞台での迫真的魅惑だけに酔いしれて帰途についた観客と、実生活を共にした人生の共演者としての観客と、どちらかがより彼の真髄を見たといえるだろうか。高い代償を払って観客となった女たちは、みんな自己完結していったように思われる。

意地の悪い見方をすれば、登場人物の男達はシリアスな道化役者のようにも見える。

特にヘフゲンとゲーリングは、がっぷり四つに組んだ道化横綱である。むろん、ゲーリングに軍配が上がりそうに見えるが、なかなかどうしてヘフゲンの繊弱な魂も、繊弱ゆえにヘラヘラとすりぬけて勝負をつけさせないかもしれぬ、というスリリングな仮定法の予感さえしてくるのだ。いずれにしても芸術と権力、芸術と政治という問題のモルモットとして、個人の願望を超えた場所で彼の名は時代と共に生きつづけることだろう。

『メフィスト』ドイツ・ハンガリー映画　一九八一年　イシュトバン・サボー監督

『キネマ旬報』一九八二年五月上旬号　キネマ旬報社

『THE 3 LITTLE KITTENS』

子供たちの喧噪や雑事や仕事のあいまに、ふっとエアポケットのようにしずけさと放心の中に落ち込んでいく時がある。我にかえるとかたわらに（ほんの少し距離をおいて）親猫と仔猫が前足をそろえて並んで座っている。いつも。私がそのような彷徨から帰ってくる入口にかならず出迎えてくれる獣たち。地球みたいななつかしさ。

もともと好きだとはいえない猫を子供達が拾ってきて以来飼い続けて、トイレのしつとわがままな食事、夜中のばか騒ぎ、のみとり等々、仕事で苦しんでいる時など全くヒステリーをおこしてしまう。何の変哲もない三毛猫で仔猫が三匹生れた時ももらい手を探すのにひと苦労。さっさと消えてくれればいいのにと顔を合わせるたびにしゃくにさわった。なのに生れた仔猫を一匹手ばなせずに飼い続けることになった。三毛マウスというこの仔猫はヨタヨタ歩きの頃から私の肩に爪をかけてよじ登り、ヘメヘメヘメとかすれた声で鳴いて髪の毛の中にもぐり込んで、絵を描こうが炊事をしようがいっこうに降りてくれない。それで手離せなくなってしまったのだから、してやられた感じがしないでもない。

昔、私が5歳位の時に妹に破かれてしまったとても大切にしている犬の本があった。青い紙にそまつな印刷で今の劇画風にコマ割りでかいてあった。ストーリーは犬の王様が病気になってブタ汁を食したいというので家来の犬が野越え山越えずたずたになって都へたどりつきブタ汁を手に入れて帰ってくるという哀感あふれる薄っぺらな絵本であった。だいたい私は立派な本や大きなかたい本には反感を抱きやすく、印刷も悪く薄く小さめの本を愛することが多い。その条件を満し、しかも朝焼けのような不気味さを伴った猫の本をみつけた。ストーリーはよくわからないが、夜会の場で失神して紳士に支えられている御婦人の猫がいたりして妙な雰囲気が全ページを覆っている。何ということもないごく日常のアイロンかけや子育ての場面が何ともふしぎなこわさで描かれている。見えないものとじゃれ合って遊んでいる仔猫のような——。とてつもないことをしたあとで後ろ向いてしとやかに顔を洗っているあの行儀のよい不気味なエレガンス。猫には犬のような哀感がない。哀感がない故に猫の物語は終りもなくはてもなく続いていくのであろう。

『THE 3 LITTLE KITTENS』 Merrimack Publishing Corporation

『月刊絵本』一九七七年八月号　すばる書房

マチョ・イネの異名をもつ旅人が送る世界の散歩先からの便り。

——『旅人からの便り』西江雅之著

刻の断片が、静かな絵のように、映像のように、まぶたの裏側を散歩しながら通り過ぎて、それはアフリカの草原を吹きわたる風のような美しさと、あてどない寂しさを呼び起こしてゆく。西江雅之という旅人の世界の散歩先からの便り。ブニュエルの初期の記録映画『糧なき土地』を彷彿させられるのはなぜだろうか。あの映画の悲惨とモノクロームは、この便りの中のどこにも匂わないのだけれど。

私の寝台の頭の方の壁には、世界地図が貼りついているので、眠りにつく前に、世界の地名をぼんやりと追ってゆくくせがついてしまった。数年前、ピグミーの子供たちの即興の歌声をきいたとき天使の如くいとおしいそのハーモニーに、ウィーン少年合唱団など、悪魔の声としか思えなくなったことがあり、それ以来アフリカ大陸に興味をもってしまったらしく、アフリカの地名ばかりねぼけまなこで追うようになってしまった。

その後、エジプトにちょっと旅をしたりして、ますます思いはエスカレートしてゆく。

この本の中には、アフリカとはこういうものだ、アフリカの美はこうあらねばならぬ、というおしつけが一切みあたらないのだ。眼鏡をかけた西江氏は、スワヒリ語でマチョ・イネ（四つ目）と呼ばれているが、私にはあとの二つの目は、めがねではなく、末期(マツゴ)の水ともいえる、甘露のごとき地下水のありかを探知できる魔法の目なのではないかと思われる。さりげなく随所に散りばめられた（ほんとはきつーい）文明批判も、心やさしさと痛みのオーラにかこまれて、どこか風のごとく耳のそばを吹きすぎてゆく。

私も野蛮と未開を少しずつでも捨てながら年を取ってゆきたい、と反省をこめながら読了した。西江氏にとって野蛮とか未開とかは、槍や山刀を持って今でも山野を歩きまわっているということではない。その槍で他所者をつき刺して喜んでいるというようなことでもない。日常の事物に驚きを感じることがなく、自分があるがままに従っている狭い世界を真の世界と信じて疑わないという態度、たとえ驚きや不思議を感じるとしても、それを他者の側のみにしか見出すことがないという態度を、そうした人間の持つ一面を、彼は野蛮とか未開とか呼んでいるのだ。すなわち、こうした意味に従えば、アフリカは日本やアメリカやフランスなどと同じく野蛮で未開な人々に満ちた土地なのである。

肩のこりのほぐれるような口絵写真。一九八〇年生き残りの原始人が描いたかと思われるようなカットの数々、これら全て西江氏の手によるものである。道端をプラプラ歩いていてつまずいた石を手にとってみると、なんと「アフリカの星」の原石であった、みたいな本である。

『旅人からの便り』西江雅之著　一九八〇年　リブロポート

『太陽』一九八〇年一〇月号　平凡社

幽かなもの、石の声さえも聞こえる常世の入口からの届けもの。

――『寂庵浄福』瀬戸内寂聴著

この夏は、ある映画の仕事で香港へ行き、大船へ通いつめている。早朝に家を出て、深夜くたくたになって家にたどりつく。映画のことを考えないでいる時間は、行き帰りの東海道線の電車のなかだけである。

座席をスリの如くカク保すると、すかさず『寂庵浄福』を開く。たちまちにして別世界へ。一頁一頁読み進んでゆくと、私の幼い日々の記憶と重なって、そこに、やさしかった祖母の頑固で小さな姿がよみがえる。夕陽のさしこむほの暗い納戸のなかで、ひき臼をひいている。夜の灯籠流し。爛漫と咲き匂う桜の寺で、お釈迦さまに甘茶をそそぐ。終戦の焼け跡のバラックに、夢のように﨟たけた日本人形をどこからかみつけてくれた。凍える夜、紫のおこそ頭巾をかぶって家々をまわる御詠歌の声と鉦の音。巡礼姿。心の奥の、いつもは断片としてちぎれ飛ぶ思い出の情景が、溢れるようにおしよせてきて、懐かしさと切なさが胸いっぱいにひろがって、涙のようにこぼれ落ちてゆく。慌しく疲れたからだ中に、生命の飛沫を浴びた、この電車のなかの夏の日々を忘れることはないだろう。

「死ねば炭酸ガスと水になるのだといいきって、私は五十年をすごしてきた。雷神も月宮殿も信じない科学万能、唯物主義であることが、智的だと信じきっていた。その私が今ではもうひとつの世にいると信じる人々への便りのように写経をしている」

「人を傷つけ、人の犠牲の上に咲く芸術の花は、いくら美しくても毒の花ではないだろうか。

私は自分が芸術至上主義で、文学の錦の御旗の下に、したい放だいのことをしてきた」

「秋のうららかに美しい日、あらゆる秋の声を聞きながら、野山を歩き、松茸をとったところで、私が深夜ひとり、寂庵の一室に、坐っている時の至福に比べれば何ほどのことがあるだろう。

ひとりでいることの淋しさが、浄福ということばにつながる今こそ、私がかつて、あれほど咽喉をやきつかせて、憧れ、需めたがっていた境地なのかもしれない」

この滑るように美しい布張りの本を、どしゃ降りの夜、うっかり雨に濡らしてしまった。あわててふいたら、背表紙の金文字があちこちに散って、雨にうたれた紫陽花のように光った。このなかにはたくさんの写真が入っていて、心をなごませてくれる。祈る寂聴尼。土いじりをする。麺を打つ。雪景色のなかをひたすら歩く托鉢の後姿。牡丹。「寂庵の四季も何度くりかえしてきたことか。この年も雪に浄められ、すでに終ろうとしている。

新しい年も雪降りしきれ。私は同行二人の笠をかぶり、雪の中めざし、巡礼の旅に出発するだろう」

瀬戸内晴美とも呼ばれる人の、常世の入口からの届けもの。幽かなもの、石の声さえも聞こえてこよう。

『太陽』一九八〇年一一月号　平凡社

『寂庵浄福』瀬戸内寂聴著　一九八〇年　文化出版局

この宇宙の精華との和解は体制からの超越の願望を感じさせる。

——『野中ユリ画集　妖精たちの森』

程なく某氏に奪われてしまうことになったが、かつて私は『狂王』という澁澤龍彦（文）・野中ユリ（コラージュ）による一冊の素晴らしい本を持っていた。あの本を開いたときのショックは、十五年経った今でも鮮烈である。私とそんなに年格好も違わない平安朝の姫君のような彼女に、それ以来、一種の畏れを抱いてしまったものである。

若年にして大自然の「カラクリ」を盗みとってしまった野中ユリの、表現し創造してきたものは、一貫して、頑として、ユートピアそのものであろう。この宇宙の精華との和解は、あらゆる体制からの超越の願望を感じさせる。

パステル、コラージュ、デカルコマニー等を駆使した『妖精たちの森』は、〝朧な気配のみちみちた森の彼方を、重たげなうすもも色の花びらをかついだニンフが振り返る。夜空にはムーン。道にはストーン〟。以上のようにして始まる。

だが言葉であらわしてみることの虚しさを改めて認識させてくれるこれらの絵は、視えるのだが形はなく、聞えるのだが音はなく、触れることはできるのだが捉えることはできない。姿なき姿として、つまり混沌として悟るしかない。しかもこの混沌は「静」の状態にある。動の姿勢のまま静止している。この「静」は自然の生成発展の帰結であり、実は出発点でもあるようにみえる。彼女はいつ、この虚心の出発点に立ったのだろう。あるいは戻ったのだろう。すべての変化や運動の根源的な状態を、しかと把握しているらしく思える野中ユリの、強さと初心が美しい。

金剛石や水晶の原石、おだやかなけもの達、奇怪な姿の爬虫類、プランクトン、石の花、青い花、月、星、水辺、蛾、草木、ニンフ、ぬけるような青空、さえずる小鳥、卵、幾何学……彼女の愛好するこれらの事物の一つ一つが、澁澤龍彦氏の、火と土と水と風の精、植物のメタモルフォーシス、石の伝説、魚石、フローラ幻想、宇宙卵、等々の珍しい学識に裏付けされたイメージ溢れる文章によって意味を帯び、どこかしらうっとりとした相乗作用を高めてゆく。

水や森や土のなかなど、あらゆる自然の生命と結びつけられていたすべてのデーモンが精霊とか妖精とか呼ばれていた、というが、野中ユリの巻末のことばは次の如くである。

翔ぶものと地に這っているもの
すぐ近くにいるものと最も遠いもの
のびあがるものとみつめているもの
成長するものと消えていくもの
ただよっているものと動かないもの
光をつくるものと捨てられる側にあるもの
そして、同時にそれらのすべてであるものにこの本を贈りたい。
たぶん〈妖精〉というのは、そのようなものにあたえられた名前の一つであろうから。

Y・N

『野中ユリ画集　妖精たちの森』澁澤龍彦文　一九八〇年　講談社

『太陽』一九八一年一月号　平凡社

愛することと歌うことしか知らなかったピアフの狂おしい人生。

――『わが愛の讃歌　エディット・ピアフ自伝』

「わたしはまもなく死ぬだろう。そのまえに、自分自身の言葉でわたしのことを語っておきたい。愛することしか知らなかった、エディット・ピアフという孤独なひとりの女のことを……」ピアフは死んだ。

それは偶然、十七年前の私の誕生日のことであった。当時の私は、柿の木坂の古い借間で、ガラスや針金や廃物を使ったオブジェで、部屋中を埋める作業をしていた。その夜おそくになってから庭に出て、ベンチに寝ころがって、まだ歌声も聴いたことのないピアフのことを、ぼんやりと思った。三、四日たって、ジャン・コクトーも死んだ。きっとエディットが死んでがっかりしたためだろう、と勝手に思い込んだとたん、パリの方角から胸しめつけるような人生と芸術の芳香が漂ってきたような気分がして、まだ若かった私は、うっとりとしてしまった。

港の人の本

港の人は、鎌倉の出版社です。
詩や文学を中心とした一般書と
日本語学、教育学などの学術図書の出版を
手がけています。

港の人

〒248-0014 鎌倉市由比ガ浜 3-11-49
電話　0467-60-1374
ファックス　0467-60-1375
メール　info@minatonohito.jp
ホームページ　http://www.minatonohito.jp/

八年たって、はじめてエディットの絵を青一色で描いた。ロシアの少女のような大きな白いリボンをつけた七歳の彼女は、あの世までも見てしまったような眼をしていた。それは、盲目だった彼女が、はじめて眼が見えるようになったときであったのを、後になって知った。大人になってからの、苦渋にみちた、いとおしくなるような、泣いているような彼女の美しい顔は、まだ描けない。私はガルボもディートリヒもスワンソンも、そのほか諸々の女優の顔を厚かましくもいっぱい描いてきたが、エディットのこの顔に出会うと、がっくりとため息をついてしまうのだ。

だが、決定的にショックを受けたのは、天井の高い舞台のカーテンの前で、リューマチにゆがんだ手を震わせて歌うピアフの写真であった。九十歳の老婆。墓穴から抜け出してきた亡霊のような姿であった。四十七歳で死んだというのに。

一度聴いたら忘れることのできない驚くべき歌声を持って生れた彼女は歌のためには命も捨てた。若くして終ってしまった。老いさらばえて。終りのときに、結婚したばかりの息子のような青年に看とられたことが、かわいくて痛ましかったエディットにとてもふさわしい。

路ばたに生れ落ち、大道芸人の子として場末の街から街を流れた貧しい娘が、天性の歌声によって栄光の階段を駆け登った。男から男への恋の遍歴。売春、殺人容疑、自動車事故。麻薬と酒におぼれたシャンソンの女王の狂おしい過去の告白である。

「私には終りがわからない」と結んだ彼女は、本書の完結とほぼ同時に生涯を終えた。

彼女の希いは、この告白をききおわったあとで、イエスがマグダラのマリアに言った言葉を思いおこしてほしいということであった。

《この女は多くを愛したから、その多くの罪はゆるされているのである》

『わが愛の讃歌　エディット・ピアフ自伝』中井多津夫訳　一九八〇年　晶文社

『太陽』一九八一年二月号　平凡社

ひしめきあう天才と狂気のあいだに生きて死んだ十人の人物の情熱。

――『愚者の機械学』種村季弘著

扉をあけると、エンマ・クンツの方眼紙に色えんぴつで描いた幾何学的な絶品の絵がある。タイトルは『ある女霊媒の想像妊娠』。これだけでもはや充分であった。幼いころ、秘密の発見をした時のドキドキするような、ちょっと周囲をみわたして一目散にかけもどったあの時の気分で、私はこの本を手に取るやあわてて家にもどったのである。もう他のことなどとりあえずどうでもよかった。

この『愚者の機械学』の中には、天才と狂気のあいだに生きて死んだ十人の人物がひしめきあっているのであるが、ぬきんでて興味をひくのがエンマ・クンツなる人物であり、十人中唯一の女性でもある。(ちなみに他の九人は、ユング、フロイト、ニジンスキー、アドルフ・ヴェルフリ、ゾンネンシュターン、オスカル・パニッツァ、カール・マイ、シェーアバルト、ローベルト・マイヤーである)

「光のなかには幾十億もの小さな点が孕まれていて、これに逆光線が、つまり良い眼差しが当ると、これらの小点は増殖し——一種の妊娠みたいに、と彼女は表現した——それがまたおのずから自己増殖して、これがまた物凄く沢山の良い胚芽を生み出して、その胚芽たちが空中をわんわん唸りながら飛び回るの。そうしてそれがどこかへ行ってしまうと、また一かけらの光の粒子が出てくるんだけど、それが地球にも宇宙にもとっても大切なものなのね……」というのがエンマの打明けた一種の想像妊娠体験である。占師、もしくは女呪医であったエンマの方眼紙絵画は、ひすいと鉛を金属製のくさりの両端につけた「占い棒」である振子をその上でふって、顧客の運命や病因を探り出すための大宇宙小宇宙対応図であって、歴とした実用的占卜装置である。この運命図を操作する彼女が極貧のうちに窮死したあと、スイスのある銀行家が二束三文で遺品を買いとり、頃合いを見はからって画廊の壁に法外な値札をつけて売りに出した、ということから「芸術」に変身したらしい。死後十四年目の一九七七年夏、ベルリンの裏街の小画廊で種村氏はこの絵に出合った。

　足の速い兎である近代の男性芸術家たちがその個性ゆえに挫折する限界の瀬戸際で、彼らを救済し治癒するために待っている愚鈍な亀が、エンマ・クンツの持ち前である。人目を避ける美しい獣のようにしか生きられなかった、現代社会の亡命者のようなナイーブな魂のエンマ・クンツの作品のなかでは個性の病の救済が問題なのではなく、世界総体の光への転換が問題なのである。
旅の終点で旅衣を脱げば、その先にはちゃんとエンマ・クンツの光のサロンが午後のお茶の用意をして待ってくれているのだから、まだまだ未練たっぷりの一個の男子として高の知れた個性を発揮して迷いに迷っていよう、と種村氏は結んでいる。

『太陽』一九八一年三月号　平凡社

『愚者の機械学』種村季弘著　一九八〇年　青土社

日中の出版社が協力し空前の規模で敦煌の仏たちがいま蘇る！
――『中国石窟　敦煌莫高窟』

あかく美しい朝焼けを背景に、涯しない裾野をひきずって三危山がみえる。敦煌の莫高窟は、砂丘がなだれ落ちた斜面の岩肌の下に、ひっそりと隠れて在った。前はうっそうたる森である。どこまでも続く砂漠と連山が、ぬけるような青空の下に広がってゆく。ここがシルクロードと呼ばれる有名な道の要衝であった。はるか二千年の昔、この砂を踏みしめてキャラバンが通り、異民族が往き交い、文化が交流したという。

敦煌の石窟が世に知られて八十年になる。その間に甚しく破壊され盗まれた文物も、ようやく新中国の成立と共に保護を受けることになった。

この本を開けて、莫高窟の全景と早朝と三危山の写真を見た途端、連想したものといえば、二年前に旅行したエジプトのピラミッドの夕焼け風景であった。二つとも共にその三角形のシルエットの中は類いなき芸術の宝庫である。宝を内蔵している景色はことさらに美しく見える。私はすでにそのことを知っているので感動するのだろうか。知らずとも内なる輝きは放射するにちがいない。秘めたるものの美。しかも千年二千年の時間を堪えぬいてきたものに出合った瞬間の感動は、驚嘆符と疑問符が同時にイルミネーションつきで頭上に飛び交うので、私の喜びにもイルミネーションがついてぐるぐると回り続けるのである。

高知の室戸岬に近い県道の崖穴に住みついていた男の人がいて、ひげ蓬々のあの人もきっと洞穴の中に、絵や彫りものを内蔵しているにちがいない。そう思わせるような霊気の漂う後姿をしていた。

敦煌の四九二窟にのぼる石窟には千四百余体の塑像、四万五千余平方メートルの壁画が保存されており、これらはいずれも名もなき画家、彫塑家たちが千年の永きにわたって黙々と精魂をかたむけ、たゆまぬ労働と非凡な創造力を発揮してつくりあげたものである。

莫高窟の中にある菩薩像や苦行僧像に、はっとするような生身の気配を感じるものが何体かある。ギリシャ彫刻のアーカイック・スマイルに瓜二つであったり、中宮寺の弥勒の姉がいたりして、懐かしさのルーツの発見も多い。うっとりするほど甘い情感の漂う菩薩がひっそりと立つ第四三八窟などに灯り一つ持って入り込んでしまったら、きっと出口の方角も見失ってしまうだろう。昔、松明やローソクの火に照らされて、仏や菩薩や苦行僧の彫塑だけが浮かび上がり、四方八方にびっしりと描き込まれた踊るような流れるような渦まくような絵は、極彩色秘境曼陀羅となり、人々を恍惚境に導いたにちがいない。それにしても人はなぜ洞穴に絵を描き彫刻をするのだろう。しかも千年の永きにわたって。この素朴な疑問は常夜灯のように私の耳のうしろにつきまとって消えない。

『中国石窟　敦煌莫高窟』敦煌文物研究所編　一九八〇年　平凡社

『太陽』一九八一年四月号　平凡社

爛熟期の肖像神話が伝説とともに私たちの時代に舞い降りる。
——『肖像神話　迷宮の画家タマラ・ド・レンピッカ』

テープレコーダーからゆっくりと流れてくる荘厳で凄艶な詩の朗読のようなタマラのインタビューの声は、ローレン・バコールよりも更に低く、深い淵、老グレタ・ガルボといった趣きであった。

老後隠れ住んだメキシコのクエルナバーカの大邸宅で、一九八〇年三月、楽しみにしていたこの画集の完成を見ずに八十二歳で逝去した。

男爵夫人として召使いたちにかしずかれながらも、本人みずから不幸であったと語る晩年。だが、華やかに自由奔放に光り輝いた若く美しく才能あふれる日々の後に、忽然と姿を消し、不幸という終着駅に降り立ったからこそ、タマラ・ド・レンピッカの今日の復活があったのではないだろうか。百歳に近い現在も、メキシコの砂漠の彼方でなお絵筆をふるい続けるジョージア・オキーフと比較されるタマラは、老いを重ねることに不器用であった。

決して撮影させなかったという彼女の年老いた姿は、ゆったりと尊大で、エレガンスの匂い立つしぐさをした、怪蛇の目張り、深紅のルージュ、深い皺の刻み込まれた白ぬりの顔、「サンセット大通り」のG・スワンソンの貴族版のような、私たちが心の奥底で憧憬してやまぬ前世紀の遺物、失われた時の幻影なのである。第一次大戦と第二次大戦の狭間の、ヨーロッパ文化の爛熟していた時期に一世を風靡した彼女の絵は、なぜかあらゆる美術のジャンルから外され、ローランサンとは逆に無視されて、わずかにアール・デコの本の中に見えかくれするのが関の山、といった扱いを受けてきたのである。彼女は純粋美術という名の大地のはるか上空に張られた綱渡りのタイトロープが見える。彼女はこの細い一本の綱を渡って、私たちの時代に伝説とともに舞い降りたのである。

池袋パルコで行われた展覧会では、予期しなかった微妙な色使いとテクニックの確かさに圧倒された。官能と精神の力満ちた異様な構図の美しさと迫力のほどは、印刷物からも充分感じ取っていたのだが、原画のデリケートさはちょっとショックだった。それと、主催者の趣旨で取り払わずにそのまま呈示したという、絵に付いたゴミやほこり、額縁の状態などが、辿ってきた運命を物語るようで、しんみりとしてしまった。

アブストラクトを経て、色も形も定かではない変り果てた晩年の絵。力尽きた果てに彼女の視た、絵では表現し得ぬ何か、人生の半ばは過ぎたが、まだ老境を知らない私には予想もできない何かを暗示する気配さえ感じとれる。
注文による肖像画であったため手元に残らなかった過去の自作の絵の模写にあけくれた亡命者としての晩年のタマラの姿が、切々たる共感とともにせまってくる。ずっしりと美しく手ごたえのある肖像神話である。

『肖像神話　迷宮の画家タマラ・ド・レンピッカ』ジェルマン・バザン文／石岡瑛子構成　一九八〇年
PARCO出版

『太陽』一九八一年五月号　平凡社

知られざる動物たちが地球上の近寄りがたい部分に生きている!?
——『未知の動物を求めて』B・ユーヴェルマンス著

『ヒマラヤン』という写真集の中に夕陽を背にして円錐形の奇怪なものが大きく写っていた。それはイエティ（雪男）の頭皮であったが、妙に本能的な刻印を残すリアルな写真であった。私はその本を昨夏、ダウン症候群の女の子を産んで悩んでいた友人にプレゼントして励ました。

珍しいもの、はみ出したもの、少数のものに幼い頃から魅かれ続けてきたが、その傾向は募るばかりである。円盤、つちのこ、ネッシー、野人、雪男、多毛少女などのニュースには飛びつくし、真偽を疑うなぞという気持すら起らない。未だ知られざるものに対する興味は尽きず、実在しないことなどが証明されたりしても不快でこそあれ全く信じないのである。以前、マンハッタンで、ウソ発見器にサボテンをつないで実験したあげく、植物にも霊感や心があることを「天声人語」で読んだ朝など、いたく感激して直ちに十数人の友人に電話通報し、反応の鈍かった半数以上の友人の名前は今でもしっかり記憶にとどめているくらいだから始末が悪い。恥かしいことだが、太陽などというものは宇宙の中にたった一個しかないものだと思い込んでいたら、実は沢山あるのだということを数年前に知って、ショックで身体の調子が狂ってしまった。空飛ぶ絨毯も一つ眼の巨人も半人半獣も、九尾の狐もかぐや姫も竜宮城もすべては実在したにちがいない、と私自身はそう思う。

ニュートンの林檎の例のように、だれもが先験的に当然のことと信じて疑わない常識（十九世紀初頭から一世紀余にわたって絶対不可侵の聖域とされ博物学界に君臨してきたフランスのキュヴィエと英国のリチャード・オーエンなどの、いわば正統古生物学による、地球上の動物はかつて一大天変地異によって絶滅し、わずかに化石を遺すのみで今後はこれ以上大型動物の発見はあり得ないとする）に対して疑問を抱いたベルギーのユーヴェルマンスは、化石ではなく、マンモスの話のように、それは血と肉とを持って現在も世界のどこかに生き残っているのではないかと問い続けてきた。

知られざる動物に関する課題の中でも常に著者が関心を寄せている主題は人類の起源である故、雪男をはじめ東南アジアや南米のヒトとも獣ともつかぬ奇怪で不思議な動物の話にここでは多くのページをさいている。

ハイスピードで旅する今日では、探検家にとってこの世界はむしろ味気ない場所となったが、わずかに残された地球上の近寄り難い部分に科学的には知られざる動物たちが、発見されるのを待っているかもしれないと考えれば、素晴らしく楽しいことである。舞台女優であり作家であり画家である夫人による図版も美しくすぐれたものである。

『未知の動物を求めて』B・ユーヴェルマンス著　今井幸彦訳　一九八一年　講談社

『太陽』一九八一年六月号　平凡社

ジョージア・オキーフ　大地のメッセージ

ずいぶん以前のことだが、1冊の小さな写真集を買った。それは、沢山のモノクロームの群雲の写真の中に、女の人の手が数枚混じっている、奇妙に静かに成熟していながら、激しいものを秘めた、心打たれる写真集だった。

その手が、若き日のジョージア・オキーフで、写真を撮ったのが、スティーグリッツであると知ったのは、ずっと後になってからだった。

夫であったスティーグリッツについては、私は何も知らず、オキーフに関しては、ニューメキシコの砂漠で、赤い岩山や、白い牛の頭蓋骨などを描いている、きっぱりとした修道僧のように孤高な女の人、という程度のことしか知らなかった。

憧れの気持など、つき放されてしまいそうな、近寄りがたいという意味でも、距離的な意味でも、とても遠くにいた人なのに、ふいに思いがけない瞬間に、鮮烈なクローズ・アップで迫ってきたりする人でもあった。それは多分、砂漠にいる、という1点らしかった。

しばらくして、オキーフは突然のように評価され、絶大な脚光を浴びることになったが、その頃の私は、そんな彼女を横目で見ながら、わざと素通りしてしまったような気がする。

なんだか、伝説も含めてすべてがすてきすぎて、かすかな反発の混じった憧憬の痛みが、胸の奥でチクチクしていた。画集も、箱やケースで包囲されて、とても大きくて立派で、持ち上げると腕が折れそうな気がしたので、表紙だけ見て通りすぎた。そして、その本の置いてあるコーナーをわけもなくウロウロして、同じくらい大きくて重たいゴッホのひまわりの本を買って帰った。

「花」という、取手つきの透明なカバンに入った画集も、見たかったんだけどやはりためらって、「もっと畳くらい大きくして、リュックサックみたいに誰かに背負わせて見せるようにすると、もっといいのに」などと言ったりした。

それに、彼女は絶対に、人物も動物も描かない。風景と植物ばっかり。

まなざしとか、視線とか、つまり眼玉のありかのはっきりしたものじゃないと描けなかった私は、風景や植物は、どこに眼玉がついているのかわからないので、どうにもならない対象だったのだ（今では、森羅万象に眼玉のあることを発見したので、描けますが)。

飛ぶ、というよりは、浮いている、不死鳥の型をした花。

地中に内在していた、新しいメッセージを捕獲した粘土で、こねあげられた花。

肥料以上のものを吸って、深呼吸したまま画面いっぱいに増大して、本当は息をして成長だってしてるくせに、息をひそめ、停止したふりをしている。これこそが生存の手段だというふうに、一枚岩のようにみごとにじっとしている。新種の宇宙サナギかもしれない。

眼のない顔、盲目で無音のゆえに、決然として輝かしい生命の潮の力を感じさせるクローズ・アップ。

こんな世界への突入方法もあったのだ。

この花々を生んだ土地は、何か常軌を逸した果実のようなものを、孕んでいたにちがいない。地中深く掘りおこしてゆけば、ひょっとしたら隠れているかもしれない眼玉氏に、会えるだろうか?

でもやめとこう。地面を掘りおこすことは、スカートめくりするのと同じくらいいけないことですから。

それよりなによりも、こよなく神に愛されて大地に愛され、大好きなニューメキシコの砂漠の中で、喜びに満ちて99歳まで生き抜いた、適者生存の至福の中にこそ、天の声ともいえる芸術の魅惑の眼玉が、宿っていたにちがいないのだから。

『Hi Fashion』一九八八年九月号　文化出版局

ダリの湖に溺れゆく一羽のアヒル「奇蹟のダリ宝石展」

ダリの「宝石芸術」。かれこれ20年ほど前になるだろうか。まだ学生でアルバイトに宝石のデザインをしていた頃、はじめてこの本（『DALI A Study of his Art-in-jewels』）を手にした。そこには超絶技巧の天才がお金に糸目もつけず創り上げた、めくるめくような別世界が展開されていて、よだれはおろかため息さえも出ないほど彼方の殿堂だったものだ。いずれの作品も、ダリ！ダリ！ダリ！と叫んでいる。その中で、つぶらな真珠の白い歯がこぼれる半びらきの「ルビーの唇」だけが、なんとなく無名性を帯びていて、艶っぽくかわいらしく初々しく印象に残ったものだった。

これらの宝石の作品も、衣食住は言うに及ばず、生命の全てをかけて徹底的にダリがダリ的でありつづけることの単なる一例にすぎない。つまり、ダリの料理もそうであるように、宝石は宝石としての実用性、物質的経済的価値をはるかに超えた次元で提出されているのだ。宝石細工の材料を重視することに対しての、ダリの強烈な抗議がこめられている。「宝石は人の眼を喜ばせ想像力をかきたて精神を高揚させるために在るのであって、スチールの金庫に眠るためにあるのではない。観客なくして宝石に満足はない。観客のまなざしこそが宝石に生命を吹き込むのだ」と彼は言っている。植物に意識があるように、きっと鉱物や石も考えごとをするのだ。ましてや宝石にはナルシズムさえ感じられるではないか。手にする者を必ず不幸に陥れるという呪われた宝石だって実在する世の中である。その世の中の世界各国から、自分のイメージする高価な宝石を惜しげもなくかき集め、37点で推定25億円という莫大な費用をかけて制作されたという。今世紀最後といわれる巨匠ならではの特異な類型をみない情熱的作品である。ただ昔と違って×億円強奪事件や、×十億円オンライン事件の続発するご時世なので、億と聞いても不感症的ではあるけれど。

どこまでもどこまでも、カタロニアの原野のように激しく限りなく追求の手をゆるめないダリの偏執的イメージのひろがりに、アリ地獄のようにひきずり込まれる快感。そこにはこちらのささやかな想像力などつけ入るすきもなく、ただダリの湖に溺れゆく一羽のアヒルのようである。

もしもの話だが、もしもこの世の路傍が宝石でゴロゴロしていて、ただの石ころの方が稀少価値をきたしている世界が現実だったとしたら、その時ダリはその貴重な石や土や木の根っこをかき集めて木石芸術の絢爛たる展開をしただろうか、そちらの方もちょっと見てみたかった。などと天邪鬼をふと言ってみたくなるような、貴金属と宝石だけで綾なす燦然たる貴族的ブルジョワ的キリスト教的悲しみのブレンドされたシュールレアリズムの世界なのだ。ダリ自身は、「私の宝石芸術は物質主義からの解放、博愛主義への奉仕という使命を帯びて世界各国に派遣される新しい大使である。それは今世紀の宇宙的統一の象徴である」とメッセージしている。

『流行通信』一九八四年五月号　流行通信

弥勒菩薩半跏思惟像・蟹満寺の仏像

薄い巻きセンベイをこわさぬようにそっとかじるたびに、弥勒菩薩の指先をかじっているような錯覚におちいる。チーズスティックやポッキーをかじるときもほぼ同様である。十五年前に初めて弥勒菩薩をま近に見て、やさしき硬さの極限を味わったが、殊に指先のエロチシズムには陶然とさせられた。

何年か後に若い男がその指先を折るという事件があったが、私はその男に強い親近感をおぼえた。そして指先を折られたことによって弥勒菩薩のエロチシズムは完成されたと思った。

やはり十五年前の真夏。入道雲のモクモクと生えたまっ青いぬけるような空の下に、白い墓石を円形状に配した前庭を通り、大した期待もなくガランとした本堂にあくびしながら入ると、なんとそこには黒々とまっ黒な巨大な物体がズドンとばかり置かれてあり、その前にスター印のみかんのかんづめが驚くばかりのオレンジ色でおかれてあった。

まさにあっけらかんという形容のあてはまるそのムードのなさ。私はその黒い仏像の顔すら見なかった。ただその黒さの量とスター印のみかんのかんづめ、本堂のだだっ広さ、空の青さ、入道雲と白い墓石の円筒形のオブジェ、あの日の暑さの匂い、それだけを感動と共に思い起こすのである。

広隆寺弥勒菩薩半跏思惟像・蟠満寺釈迦如来坐像

『草月』一一二号　一九七七年六月　草月出版

明治時代より前の日本の彫刻で好きなもの、関心のあるものを尋ねるアンケートに答えて

クレーの笑顔

この春、右眼が見えなくなったので、目をつぶってドローイングすることに熱中した。視覚的な束縛から完全に自由になった新発見の嬉しさにひたっていたら、夏が来て、深い眼をしたクレーが、「私はまっ暗闇でもデッサンできたよ」と言って現れた。

彼の背後には、図書館のような、芸術の精密実験室のような部屋があったので、書物をひもとくような気持で覗いてみたら、地震計で描いたようなふるえるデッサン、頭の中でする壮大な時間の旅、紙の上でする小さな旅、楽譜のように、泉の声や子どもの声、街や森のさんざめき、男のうめき声や鳥のさえずりが聴こえてきた。それに、おびただしい記号や数字や図像、古代文字のように原始的で秘密のもの、神秘的に動き回るもの、天使になりかかっている人間などもいて、クレーのポエジーや想いが、視覚以上の明確さで迫ってくる。

「あなたはどの絵が好き?」と問うので、「私は、ペシミズムやシニカルな性質の少ないもの、幸福感のある南方からの呼びかけに応じた作品（例えば、《セネキオ》（一九二二）、《黄色い鳥たちのいる風景》（一九二三）、《パルナッソス山へ》（一九三二）、《ドゥルカマラ島》（一九三八）、《大通り―裏通り》（一九二九）、《アラブの歌》（一九三二）、デッサンでは、《太古のフローラ》（一九二〇）、《炎の風》（一九二二）、《天使》シリーズ（一九三九）、《ナイルにて》（一九二八）が好きです）と言った。そして更につけ加えて、「チュニジア旅行ではじめて色彩との一体感を体験し、生き生きと沸き立ったままでありつづける、ポエジーの降ってくるところ（永遠）の中に入り『私はいま画家である』と言った貴方が、そして死者やまだ生れてこない者たちの世界に近いところに居る、と言っていた貴方が、なぜ春の芽生えすら感じさせない終点の絵を最後に描いて死んだのでしょうか？　私はこのことがショックです」と言った。

クレーは笑いながらウインクし、「描くことのできなかった私の最後の絵（ヴィジョン）はこれだよ」と、ささっと描いてみせたのは、人間になりかかっている、笑う天使の絵だった。

その笑顔は、クレーのあどけない至福の笑顔と類似だった。

『クレーの贈りもの』コロナブックス編集部編　二〇〇一年一一月　平凡社

S・GODO 1999

第六章　出会った人、別れた人

不思議の国の少年へ

今日は一九八三年六月四日。あの日から数えて、ちょうどひと月という時間が経ったようです。時間はのびたり縮んだりしているので、それはほんの束の間、マッチ擦るつかのま、だったようにも、百年も苔むして通り過ぎていったようにも思えます。

私は部屋でひとり坐って、時間の匂いをかいでみようとした。今日もあの日と同じ、うそみたいに晴れ上った気持のいい日だ。時間には匂いがなく、そうしているうち私の目には、うすい膜が張ってしまって、眠りに入るけものみたいな気持になってゆく。

寺山修司は、きっと意識に一睡もさせなかったにちがいない、と私は判った。ジャイロスコープのようにあらゆる方向にくるくると回り続けて、どの一秒も味わい尽していったにちがいない。血液といえば、常人の何倍もの速度で体内を駆けめぐり、内臓を焼け焦がして停止した。当然と突然が合体して。

古いアルバムをめくってみる。

「中国の不思議な役人」「青ひげ公の城」のあと、私にとっては初めての映画「上海異人娼館」のたくさんのスナップ写真を見ているうちに、急に思い出したことがあった。数年前の夏のこと、香港と大船の撮影現場で私はあたりかまわず写真をとりまくっていた。大勢のスタッフや俳優が入り乱れ、四ヶ国語が飛び交う緊迫した熱気を写そうと小型カメラを片手にかまえると、瞬間気配を察してきっとこちらをふり向く人物が一人だけいた。それが監督の寺山修司で、何十回くり返しても必ず間髪を入れず気がつくのである。

そうこうしているうちに私もあせり、かならずや無意識無防備の寺山修司をとってみせる、と心に誓った。しかし、香港では人垣の股の下からのぞいた乱闘シーンの連続スナップだけが成功。大船では全敗。という結果におわった。でもこうして見ていると、地獄のように暑く、ゆめのようにはかなく、悪夢のように愉しかった日々だけは印画紙に焼きついて離れず、私達の姿がまぼろしのようにかわいそうにとじこめられているのだ。そして、ピンクのリボンをつけた生れたての白い仔犬を抱いて、大船のスタジオの窓ガラスを背負うようにして逆光で立っているやさしい顔の寺山さんがいます。

『百年の孤独』の沖縄ロケの宿舎で、夜半つかれ切って翌日の準備に追われている私とアシスタントのため、「みちのくひとり旅」をゼスチュアたっぷり熱唱してくれた、父親と少年の同居している不思議の国のムッシュ。一秒も退屈させなかった、家も墓もついに持たなかった、あの時でさえ死に瀕していた寺山さん。この世で会えてありがとう。
あなたが死んだのを知った瞬間、私は現実とゆめ幻の境界線にいち早く立ちました。ここには別れというものがはじめからなくて、あなたはただこちらからあちらに移っていっただけ。刻一刻姿を変えてよみがえってくる寺山修司を、この境界の場所に立って、ありありと見届けてゆく私の日々がこれから始まることだろう。

『ペーパームーン、さよなら寺山修司　寺山修司追悼特別号』一九八三年七月　新書館

姿なき残像

寺山さんが他界してから五ヶ月ちょっと経ったようだ。時間の推移と共に、寺山さんの声や動作や表情などの実感も、また移り変ってゆくのを時折りふとかみしめながら、今年の暑い夏も過ぎた。

三次元的だった思い出が、次第〳〵に二次元のものに移行してゆく。あるいはすり変ってゆく。そういう時、映像というものの強みをまざまざと思い知らされるのだが、人の思い出には、印画紙に焼きついた、あるいはブラウン管やスクリーンに写し出された視覚的なものが、ぐっと前面に押し出されてくる時期があるように思われる。

網膜に焼きついているかなり長時間の残像でも、そういう時期には、シャッターを切るときのように瞬間〳〵が切りきざまれて、散り散りになってこぼれ落ちてくるようなのだ。

五ヶ月目の今、一番鮮かによみがえってくるのは、通夜の日の天井桟敷館で、群れ飛ぶカモメを背景にして、白木の何も書かれていない位牌の向うに浮び上っていたモノクロームの写真だ。涼しく鋭い目をした美青年の。金襴緞子の布をかぶったお棺の中に横たわっているはずの寺山修司と、この写真の間の空間を、私は動転したままお線香の煙と共に、行きつ戻りつしたのを憶えている。

葬儀の席の大きく伸ばされた写真は、やさしい微笑を一歩手前でおしとどめたような、デリケートで慈しみにあふれた表情のカラー写真であった。やはり乱舞するカモメを背にしていた。

このカモメの絵は、数年前はじめて一緒に仕事した、「中国の不思議な役人」のステージで使用した、私のデザインしたなつかしいドロップである。かけつけた仮通夜の席でこれが眼にとびこんできた時、うれしさとツイストした哀悼が胸いっぱいにこみあげてきてもう何も見えなくなってしまった。

はじめて私の所に寺山さんが訪ねてこられたのは、十五年ほど前だった。数人の劇団員と一緒で、街頭人形劇の人形制作の依頼だったが、当時の私としては唐十郎率いる状況劇場を手伝っていたし、若かったし、両方やるのは変だと思ってできなかった。

以前の渋谷にあった天井桟敷館うらの八幡神社の境内で、状況劇場が芝居を打った際、初日に寺山氏の贈った葬式の黒い花輪をめぐる乱闘事件で、寺山唐両氏の顔写真が三面記事に大きく出た時は、大いに愉快だった。ああいうところに出る写真は、ほんとうに犯罪人のような顔に見えるものだと、大笑いしながら思った。あの事件の時、私は向い側の道路で子供を抱いて、今は亡き瀧口修造氏と一緒にタクシーを待ちながら、「芝居よりも面白いネエ！」とキャーキャー喜んで、一部始終を見物させてもらったのだ。

その後のノゾキ事件の時は、なぜかタキシードを着用して白い花を持った写真が、新聞・TVに一斉に出た。こちらの方は、犯罪人というよりは芸能界のスターのように見えた。私はまた大喜びして、各新聞記事を切り抜いて、映画「チャイナ・ドール」のロケ先である暑い香港へ発った。映画美術の進行よりも何よりも、一刻も早くこのニュースを寺山さんに知らせようと、浮き浮きしていたのだった。

あれやこれや、退屈するひまもない程いろいろと楽しませてくれた寺山修司も、妙に急いで逃げるように時空の外に出かけていってしまった。

でも「姿なき××事件」とでも名づけたくなるような、肉体なき寺山修司のひきおこす新事件だけは今後もとぎれることのないように、時折りはお出かけ先から、気まぐれにでもこちらの界隈にもお立ち寄り下さい。明日来る鬼のように。

『寺山修司の戯曲３』月報　一九八四年二月　思潮社

花いちもんめ

〃花いちもんめ
寺山修司こゝにて生まる〃

〃鬼さんこちら
足踏んじゃだめよ
どの子がほしい
あの子じゃいかが
あの子じゃだめよ
このこがほしい
このこじゃいやよ
おにさんこちら

花いちもんめ〟

一九八九年一月十日のことでした。未明、とつぜん寺山さんから、自動筆記という形で、通信が入りました。心のこもった、とても丁寧な字でした。

〝かって　くやしい　はないちもんめ
まけて　うれしい　はないちもんめ〟

〝はじめのはじめの観音さまのおうた　うたってくれまして　ありがとうございました
どうしても　このおうた　うたってほしかった寺山修司　やっとあなたもこの心境に
達してくださって　とてもとてもうれしくおもいます　どうぞ　うぬぼれずに　けん
きょに　すこやかに
みじめなみじめな人々をみても　救おうなどとはけっして思ってはなりません　その
人々たちは　とてもとてもうつくしいものをもっていまして　とてもとても　たのしく
たのしく人生をいきていますので
つつがなきよふ（ママ）　つつがなきように　いのりかけいのりかけ　つまり　つっ走ってい

てはいけませぬぞ
　まけて　うれしい　はないちもんめ〟

それは、私の知っているあの寺山さんのなつかしい訛のある口調とは、だいぶ異なった響きのことばでありました。

はじめて寺山さんが、若林の私のマンションの小さな一室を訪れたとき、たしか私は二十代の後半、唐十郎率いる状況劇場の李礼仙のつけるトルソつきのマスクを作っている真最中だった。石膏だらけの部屋で、寺山さんは、天井桟敷の何かを作ってくれないかとのこと。「私、状況劇場が好きなんだから、ダメヨ」というと、「あちらは河原乞食でしょ、ボクたちは精神的貴族なのよ」といった。「ゲー、イヤダ。精神的貴族なんてきらいだもん。ダメヨ、ダメダメ、アッカンベー、アッカンベー」

一年に一回ぐらいの申し出に、アッカンベーのくりかえしで七、八年が過ぎ、はじめて一緒に仕事をしたのが『中国の不思議な役人』。難解複雑な西武劇場の舞台図面を見て、「キャー、これはもうできません」というと、「できない人だからこそ頼むんだよ」。その後『青ひげ公の城』。「香港へ北京ダック食べに行かない？」といわれて、つい行ってしまった映画『上海異人娼館』。「遺作だから」と言う寺山さんに、「ほんと？　ウソだったら怒るよ」と言ってしまった『さらば箱舟』。そして芝居のポスターの数々。

とうとう最後まで言いたい放題言いつづけて甘えてしまった私にも、「恋愛には向かないけど、友達がいのある人だね」と言ってくれた、あの、なんともいえぬ父性愛的、先走りインテリかたづけ魔的、殺し文句多発型魅力。

日中仏英、四カ国語入り乱れての、真夏の香港スラム街ロケ、横暴クラウス・キンスキーの行状。フランス女優たちの空港脱走、香港カラスの大群や盲目の犬やトカゲ等々をつれたサーカス団のような移動に、のぞき事件も加わり、私も寺山さんとけんかして泣きながら帰国した、悪夢のようだった『上海異人娼館』。

遺作となった『さらば箱舟』の沖縄ロケ。当時、私のアトリエに居候していたモーリス・ベジャールのところのダンサーが、妙に小節をきかせ、ベルギーなまりで吹きこんだ「みちのくひとり旅」のカセットテープがお気に入りで、朝、この歌を三回きいて大笑いしてから、「ヨーイ、スタート!」の元気な声を出していた。

美術の私たちは(といってもアシスタントのルーシーとたった二人)、早朝、暗いうちから起き出し、トラックでどこともしれぬジャングルの現場に置いてけぼりで絵を描きまくる。ハブが出るので、トイレはバケツで。夜は二時ごろまで宿の地下で作業、という日々。私も何度か高熱を出して倒れたりしたが、ある夜更け、もうとても身体の弱っているはずの寺山さんが、作業中の地下にとつぜん現れ、いきなり「みちのくひとり旅」を大声で歌って踊って、退場した。その迫力に、私とルーシーはしばし呆然。それは、とうてい余興などというなまやさしいものではなかった。

「五分でも空いた時間があると、どうしていいのかわからないから、忙しくしてるんだ」と言っていた寺山さんは、ずっと前のことだけど、ある場所から次の場所へ移る道路を走りながら打ち合わせしたりするので、「ちょっと、どこかへ座って話しません?」と言ったら、「だめなのよ。自転車こいでるのと同じだから、止まったらこけるのよ」と言った。

こんな日々が永遠に続くものだと思っていた私たち。時代は大きく変貌を遂げつつあるが、寺山修司は、この世恋し、と四十七歳のまま、あの日の夢のように生きつづけている。

『寺山修司メモリアル』一九九三年四月　読売新聞社

空想の肖像写真

むかし西荻窪の木造アパートの一番奥の部屋に、白石かずこ・U子の表札を出して、豹のもようのミニスカートのかずことまだ小学生だったちいさな由子ちゃんが住んでいたころ、私も埼玉の一軒家に赤ン坊と二人で暮していて、月に二、三度、ガラスに入れた白い蛇や極彩色のタマゴや口紅の容器に入った正体不明の人魚みたいなものを大きな籐のバスケットにつめこんでは彼女の部屋を訪れ、六畳と小さな台所いっぱいに広げてこれでアセチレンガスでも灯けばまるで夜店ねと云いながら、彼女の招いてくれた友人達に買ってもらって生活の半分位をたてていた。何度目かにそこで初めて吉岡実さんにお目にかかった。トッテモ偉い人なのよ、私の尊敬してる五人の中の一人なのよ（他の四人の名前もちゃんとその時教えてくれて）とかずこに前もって云われていたので、スイと現れてきちんと手をひざに置いて畳に正座されたときは、なんだかドギマギしてどうしようかと思ってしまった。その時何か小さなものを買っていただいて、その後も個展の時など手のひらにガラスの目玉のついている作品など買って下さった。私の貧しくさみしかった時期だったのでやさしさが身にしみた。

いつだったか寒い土砂降りの夜やはりかずこの部屋のすみっこに森茉莉さんがうずくまるように坐ってらして、「こないだね、杉並のキチガイ病院のそばの道を歩いていたらね、病院の角んとこからヒョイと出てきたの。吉岡実さんが。わたしあんなびっくりしたことなかったワよ」とほんとうにびっくりした小犬みたいな上目使いで声をひそめて話してくれた。その時はみんなでアッハッハッと大笑いしたが、吉岡さんの方がもっとびっくりしたかもしれないと、今でもバスで吉岡さんのお住いの松見坂マンションの下を通るたびにおかしく思い出される。

私はいつかマン・レイみたいに美しい肖像写真を作りたいとこのごろ思っているが、吉岡さんのイメージとしてはこんな風である。昼なお暗い木造の古びた中学校舎の二階の窓に白いキャラコの洗いざらしのカーテンがゆれている。10cmほど開けた汚れた窓ガラスから透きとおった灰色の眼を全開にした吉岡さんがそっと下を窺っている。それを下の地面から望遠レンズをつけて、キャラコのカーテンの一部と汚れガラスの半分と吉岡さんの顔の全部とをクローズアップさせよう。特に夜も眼をみひらいたまま眠っているにちがいない彼の眼玉に焦点をあわせて。

『ユリイカ』一九七三年九月号　青土社

発明家アラキ・ノブヨシ

新宿の、タカノの婦人服売場で、いらやしいほどあかぬけした紫色のセーターを買おうとしている男がいた。「ア・ラ・キさーん」。と裏声出して呼んでみた。アラキ・ノブヨシが、ロひげをつけたまんまふり向いて、笑った。私は、こういう時の男の笑い顔が一等好きだ。私の方が先に見つけて、二、三分の間あとをつけたりして、唐突に声をかけるチャンスをねらう。勝ちほこった気分で、ウッフッフッと含み笑いをかみしめながら忍び寄る瞬間が何ともいえない。十年前だったか、女嫌いというらわさの高い男前の某ビデオ作家が、銀座の阪急デパートの婦人服オートクチュールの前で一時間余りもうろついているのを目撃して（ずっと後をつけていたのではなく、地下の食料売場で買物をしてエスカレーターに乗って上っていったらまだその場所にいたということです。）後日なにげなくその話をしたら、鉄仮面のような彼が赤面してうろたえたのを見て以来、病みつきになったのだ。ただし、アラキさんの場合は、女の人にあげるためではなく、あくまでも自分用のを見つくろっていた、というシンプルさが上品で好ましい。

自分用といえば、昨夕一九八二年五月二十九日、私は生れて初めて自分のためのタバコを買った。深い緑色に金のふちどり金文字の、メンソール入りダンヒル、三三〇円だった。妙に大げさに考えてしまって、朝と夜、ベッドに坐って喫ってみる。四個のアルミニウムのトランクのベッドの上で、ハッカの匂いが頭にしみる。うす青い煙が顔の周囲をとりかこんで、私は神妙に、なぜひとが喫煙するのかという実感を味わっていた。四十年生きての初体験である。哲学という文字が目の前をよぎる。よぎった後に、酒よりも苦い、何やら切ない人生の陶酔が残った。しめしめ、当分これも病みつきになりそうだ。どうせ長くて暑いだろう今年の夏を乗り切る小道具の一つにでもなればいい。

今日は三十日の日曜日、夕刊にロミー・シュナイダーの死亡記事があった。前夫の自殺と十五歳になる息子の事故死で、半狂乱になっていた彼女を見て、去年からずっと気にかかっていたので、ドキッとした。自殺ではなく、心臓発作ということであった。ハートブレイク、四十三歳。私と同じ年齢の人が、どんどんと死んでゆく。死なないための工夫をこらして、私は毎日生きているが、目が覚めると死んでしまいそうなので、眠ろうとするけれど、眠ることも、もうむずかしい。残る手段は、発明しかない。

生き方を発明する。ある朝、私はそう思った。思ったとたんになぜか、発明家アラキノブヨシという名前が浮上してきた。そうか、発明家だったのか。それならば同じく発明家であろうとする私のことも理解するにちがいない。手はじめに、この間CFでもうけたらしい三百万円を発明資金として借り出そう。この短絡した考えが、いかにアラキ氏の心を打たなかったか、ということについては省略するが、まあ要するに、男との手切金とでもいうならともかく、芸術だの革命だの思想だのという可愛気のない女に貸す金はない、という結論を導いてしまった。

私は少なからずショックを受けた。可愛気のないという個所にである。私はずっと長い間、芸術という言葉はさておいても、革命とか思想とかいう言葉とは無縁でもあり、第一はずかしくてとても使えなかった。それが、最近やっとかわいく素直になって使ってみたとたん、かわいくないと言われてしまったのだ。アラキさん、もしかしたらまちがってるかもよ。女の見方に関しては、イマイチだねえ。だけど私も頑張って、来年一億円もうけたら一千万円は無利子で借りる証文をちゃんと取った。私は本気ですからね。来年こそは可愛気あると思ってね。

ところで、荒木経惟とは、何者なのだろうか。なつかしさと怖さで、つい、すり寄っていってしまうけれど。

形としては捉え難い、不定の、未完の、表裏の、という風な捉え方をしてみる。でも、起承転結という感じもしないではない。ちゃんと、向うの山の頂上で自分自身を受けとめようと、両手を広げて待っているような余裕さえも感じられる。
愛情という根を、地中深く張っているし、モラルという幹も、まっすぐ伸ばしている限りにおいては、いかなる非常識の枝ぶり、異形の葉っぱ、唐突奇妙な花が見られようと、それは芳醇な果実をたわわに実らせる日のための、彼の心配りに他ならないように、私の目にはうつる。こういうことをいうと、また可愛気のない女だと、ミスター・アラキはきっと言うだろう。野暮なこと嫌いな人だからね。

『別冊新評　荒木経惟の世界』一九八二年八月　新評社

おかえりなさい、四谷シモン。——劇団状況劇場公演「あるダップ・ダンサーの物語」

雪にうもれた東京に、やっと遅い春がやってきました。１９８４年。数えてみると、私が四谷シモンと出会ってから、知らぬ間に18年もの歳月が流れ去っていたことになります。

歩く詩。動く芸術。などといわれた神出鬼没のあの頃のシモンは、憂いをふくんだ眼を半眼にして、あきれ返るほど不敵に、暴力的無意味性、かなしみの言語を乱発する、現世ばなれのした美少年だった。

１９６８年、唐十郎率いる紅テントの春興行「由比正雪」の女形お銀ちゃんとして出演することになったシモンの仇姿を見物するため、新宿は花園神社の紅テントの入口のムシロを、はじめてくぐり抜けた。

むせかえるように熱いあかいテントの中で、まだ見たこともないものを見てしまった私は、それからというもの路頭に迷い、帰るべきお家を見つけることさえできない身の上となってしまったのだったが、10数年かけてやっとの思いでまんまと帰る家を見つけ出したのが、つい先日のこと。その矢先に、なんと四谷シモンカムバックの噂。

１９７１年「あれからのジョン・シルバー」を最後に、リタイアして久しかったシモンの御帰還。放蕩息子帰る、といいたいところだが、いったいどの辺りで放蕩していたかといえば、こともあろうに人形学校「エコール・ド・シモン」の校長先生として、ヒゲまではやしていたのである。

人形師シモンは、ブーメランのように時間を横切りして戻ってきたので、13年という現実の時間を感じることはできない。それは瞬きをする間のようでもあり、うたた寝をしていた束の間のようでもある。

またしても春の宵闇にぽっかりと口をあけて誘う紅色をしたものが見える。運命のテントに、不世出の女形とうたわれ、玉三郎と人気を二分した過去を持つシモンが立つ。

唐十郎・李礼仙と共に、過ぎ去りし日のマロやタカやあの頃の皆がいちどきに登場し、昔を今に、今を昔に……といったこの世ならぬマカ不思議な錯綜した時間空間に溺れると、やっと見つけたお家に、私はまたもや帰れなくなるやもしれません。


『エルジャポン』一九八四年六月号　マガジンハウス

ネコちゃんって——金子國義に

ネコちゃんって、ほんと天才なんだわ、としみじみ感じ入ってしまうときがあります。

その①いじわるしてるとき。　その②ストリップ・ショー始めるとき。　その③お料理に狂ってるとき。　その④身づくろいしてるとき。

どんなときいじわるするかっていうと、ダサイことしたり、イモっぽいこと云ってしまったり、ヤボな格好してたりしたときです。

現に、私も、若きある日、ワッ！とつっぷして泣き伏してしまった思い出が……。

あの頃、にっくきカネコは、四谷に住んでて四谷婦人会やってたので、私、何ヶ月もの間、四谷通る乗り物に乗らなかったんだもの。

いじわるしてる時って、何処の小悪魔がのりうつったかと思うほど、チャーミングで生き生きしてて、うっとりするほど輝いてる。

あんな風に、手ぬきしない春めいたいじわるできる男、もう二度と出現しないわね。

「あと何回、人前ではだかで、踊れるかしら?」と真顔で老衰の心配してるネコを見て、私も「あっ、あと何回、祝福されたネコちゃんのケッサクな美しい、おかしい、あの踊るお姿を拝観させていただけるのかしらん?」と本気で心配が乗り移ってしまうのです。

ネコ! おいしいごちそう食べて、うんと美容に気をつけて、もっともっといじわるして、いつまでも、人前で裸で踊っていてよね!

P.S. エジプト出奔前夜の踊りのプレゼント、遅くなったけど、アリガトウ。あの時、ネコのやさしさが、ほんとうの芸術家のやさしさなんだって判った。踊ってるネコの写真。ヌビアの泥の家の壁に散りばめてあるのよ。

『ナディール』秋号 一九八七年一〇月 クロスカルチャーコミュニケーション

金子國義特集に収録。初出時は無題

ニナ川さん　歩くと走るのあいのこ

私は去年、とっさの思いつきでひっこしをした。したのはいいが、来月の家賃が払えないのに気づいた。まあどーにかなるわよ、とたかをくくって何十年、綱渡り生活をつづけてきたため、理由のない自信はあるのだが、やはり困った。その夜は困ったまま寝た。

翌朝、起きぬけに、不気味なほど赫い朝焼けと庭の黒い土を見ていたら、都合よく聞こえてきた。私の絵を「ゆずって下さいね」という、いつだったか大分以前に聞いたニナ川さんの声が。

ゆずって、ということは、売って、ということなんだろうな、とおそるおそる解釈した私は、自分で電話するのも恥かしいので、G君にきいてもらう。G君はさっさと「ニナ川さんはこの絵が好きです」と、自分できめてすぐ届けにゆき、お金をもらってUターンしてきた。すばやいことが大好きな私は、感激した。その絵は、『ミス・バイオレット』という四つんばいのフリークスの、とっても美しい少女像だった。

また数ヶ月して、また困った時、『ラジカとズージカ』というインドのシャム双生児の、幼くりりしい王子像を届けた。G君によれば、この時はニナ川さんもお金が足りなくて、周りの人からかき集めて下さったとのことだった。こんなに有名になっていてもお金がない、ということに、一瞬私はびっくりしたけど、すぐ信じることができた。

それは、彼のヘアスタイル、笑い方、シルエット、とりわけその歩き方を見れば分ることだった。蜷川幸雄の、激動の今世紀を魔術する魔術師としての極意は、歩きっぷりと、ちょっと半音階高いみたいな、その歩幅に秘められている。

と、勝手に思い込んでいる私は、歩くと走るのあいのこのような奇怪な速度で、彼方を指して、一直線に疾駆してゆく姿を、時の人としてあちらこちらで垣間見るたび、溜飲が下って、せいせいするのだ。

それはむろん、地球上にいる並のインテリの姿ではなく、といって都会風土方でもなく、不良学生的異邦人といってもぴったりせず、たとえに困ってしまうような歩き方なのだ。

そういう歩き方をする男が、日本の伝統美といわれるものを料理する際の、包丁さばきの大胆なこと、異様なこと、悪趣味なこと。

「アッ！」とのけぞったあとに、そうかそうか、そうだったのか、なあんだこれしき、あたりまえのことなんだ、という一種不敵な、開きなおりに似た納得が、じんわりと胸にしみ渡ってゆく。

異様な！と驚いた感覚が、あたりまえだと納得する感覚に移行してゆく速度が、なぜかとても骨太で正統派。

その、何ゆえにか正統でぶっきらぼうな速度に、私的時間というものを実感し、ついで空間を感じ、「アレー！」という間もなく異界の入口にまで誘導されてしまう。

他の人々も同じように感じているとするならば、舞台のドラマの進行と同時に、もう一つの私的な時空の団体が、客席で通過していることになる。

そう思うと、劇場の中で、ドラマに没入しながら、無数の蜜蜂がうなりをたてて飛び交うように、何百何千という観客のイメージが、縦横無尽の光線を出して渾然一体となり、上を下への白日夢を形づくっていくのを、ありありと肉眼でたしかめられるような気がしてくる。

とても幸せな一刻だ。幸せだと、眼に見えないものが見え、耳にきこえないはずのものもきこえてくる。

時間差や空間差がつくった滝が、水煙りあげる滝つぼの渦で異化され、エキゾチックなタブーの火の色をした水しぶきを客席に散らしてくる、まだ見ぬ『ハムレット』の舞台までもが見えてくる。

『ハムレット』一九八八年五月　ワコールアートセンター

森茉莉さん

はじめてお会いした時の森茉莉さんは、むく犬の少しかかった灰色まだらの雑種の子犬が、ぐしょぐしょにぬれそぼって、座敷の奥にポンと放られ、上眼づかいにうずくまっているみたいな、そんなお姿でした。この方があのMORIMARIさんか!? とショーゲキでした。たしか私は二十五歳。白石かずこさんのお宅でした。

ある時、白子向山という所の米軍ハウスの私の家にいらした帰り、かずこさんや沢朔さん達とタクシーに乗り、こじらした一週間前の火傷の足を、心臓よりも高くあげていないと激痛が走る状態だった私は、助手席におられた茉莉さんの肩に、包帯でぐるぐるまきの上にスラックスをはいた足を、いきなりのせるはめになってしまった。一張羅のグループサウンズのような赤いロングコートを着た自分が、恥しくてうらめしかった。

それからしばらくして、富岡多恵子さんの部屋で、ふいに私の方を向いて、あなたはねー、こういう人なの。山の上の、きれいーな静かーな湖でー（私はうっとりと聞いている)、ピョーン!! と出てきたカエルみたいな人ね。でも美人のカエルよお。とお告げになられた。

当時最先端だったスペース・カプセルというディスコで白石かずこショーのあった夜、茉莉さんは下町の主婦の持つような買物カゴを大切そうに腕に抱え、その中にはお手製のマドレーヌが十一コ入っていることをお告げになられ、ハイ、あなたとあなたとあなたヨ。あなたじゃないワ。と、大勢の人をかきわけて選別しながら渡していった。私もちゃんといただいたのでホッとしたけれど——。渡すとき、あなた今夜は紫色のウナギみたいね。と耳もとでささやいていった。

それからまたかずこさんの家だったかな。パーティーで盛り上った夜半、とうとう茉莉さんが王女メディアの詩を、原語で朗読することになった。これはね、美輪明宏のところでやったときにね。紫色のおへやでアキヒロっていう香水をまいて、天蓋のついたベッドにこうやって彼が身をもたせて、きいてもらった詩なのよ。電気を全部消して!

夢中になるとみにくい顔になるから。といってローソクを灯し、胸のあたりに捧げた。下から照らされた茉莉さんのまっ赤になったすごい顔と、乗りに乗って髪ふりみだした、全然いみのわからないものすごい迫力の王女メディア。

その日は、声をひそめてすごい早口で、こんなことも言っていた。あのね、〇〇の気狂い病院のそばを歩いていたらね、角をまがったらばったりと吉岡実さんに会ったの。あの眼でしょ。あんなびっくりしたことなかったワ。

それから随分たって、若林の小さなマンションの二階にひっこされた時、ご近所なので伺った。そうしたら丁度、お台所の地べたに新聞紙をひいてお肉を切りながら、原稿料のことで編集の若い男の人ともめている最中だった。いや、ですから茉莉さん。振込がいやだっておっしゃるから、現金でちゃんとこの前お渡ししたじゃありませんか。どっかに置き忘れてるんじゃーありませんか。

私の記憶のスクリーンの中で、今日は叔父のお葬式だったの、と大はしゃぎで、銀灰色のレースのひざ上スーツに、お花を胸もとでうれしそうに持って、きれいな長いゆったりとした足をそろえて立っている、そんな茉莉さんだけにスポットがあたり、ことばをしゃべり始めたばかりの子供のような、驚くべきおことばが発せられる茉莉さんだけに台詞があって、その時同席したはずの、あとの人みな、無声のモノクロームのエキストラ。

『森茉莉全集3』月報　一九九三年九月　筑摩書房

品のいゝご両親にいつくしまれている、幼い頃の元氣おぼっちゃまの写真を見ていると、なんかこの子、何千年か何万年かしらないけれど、その転生につぐ転生の長き生を、そのまんま、インプットしたまんま、陽だまりの中にいるように思える。

そう思ってみると、いきなりの盆栽小僧や温泉や、風流という風流、いわゆるトマソン風景に類似した風景、わびさびの御近所、といったハイカラ爺さんくさい傾斜が、あっという間に納得できてしまって、困った。その若さで長年、憩を追い求めつづけている、ということも、おかしい。

元氣さんは病気だ、という説もある。海の底に生えていながら、宇宙の外からの来訪者みたいな姿をしている偕老同穴を、私はいくつかコレクシオンしているが、中空の動物といわれてるだけあって、なにがしかヌマッタのげんきち兄に似ているゾイ、と思うことしばしばである。

この憩写真帖をみていると、日なたの匂いはするが体温はなく、過剰がきっちりと整頓されていて、日本的なのに無国籍で、動かない次元のはざまというかはずれというか、そんなような所に目をつけていて、魔が射すような、神が身を引くような、ひかげのひなたみたいな所を偏愛していて、しかも妙に物識りで、以前図書館員でもしていたんでは?と思わせるようなカタギの面があって、やっぱし変である。

ところで憩とは何ぞや。思い余った私は、広辞苑にたよった。舌と自と心というのがどうもあやしい。だが辞書にはがっかりするようなことしかのってなかった。そんなはずがない。憩とは何ぞや。しなくてもいゝかたづけものをし、あれやこれや、結局夜がきて、寝てしまった。

私んちには、元氣さんからのほんとうに沢山のメールアートがある。かぶと虫の切手をずらーっと貼った封筒がくると、娘たちとキャーキャーいって楽しんだものだった。数あるケッ作の中で、一番好きだったのは、おたまじゃくしの音符。水槽の手前に五線譜があって、おたまじゃくしたちが泳いで、メロディをかなでている。とても大切にしていたのになぜか消えてしまった。ヌマタさんまた下さいネ。

以前、彼が友人と二人でマンモスの歯を採集しにシベリアに行くとき、もしもの時は私がソーギ委員長をしてあげるからといゝ、ほゝに手をあてた美形の写真をあずかった。

でも私は、きっと裏切って、自ら盆栽となったあのトッピな写真を遺影に選んでしまうだろーなとその時思った。どうしても出版したいと願っていた憩写真帖も、「大丈夫、生きてたらできないものでも、死んだらきっと出るワョ。」と励まし見送ったものだった。

沼田さん、生きてる間に出版できてほんとうによかったわね。心からおめでとう。憩について、結局わからずじまいのこの私からいうのも何ですが、これが出版されたら、沼田元氣の追ってやまない憩の日々が、やっとそこから始まるような気がしています。

『憩写真帖2』沼田元氣著　一九九四年八月　青林堂

異形の人

ある日、堀内家の呼び鈴を鳴らした。

しばらくして、私の見たものは、ひたいをひもでしばり、両サイドに垂れた髪の毛を、口にくわえた誠一氏の立像だった。

「ウーッ」とたじろぐ私に、「いやあ、絵を描くのに、ちょっと髪の毛が邪魔だったもんで……」というような意味のことを、髪の毛をくわえたまま、モゴモゴと、口ごもりつつしゃべった。

その時、堀内さんのうしろに、ロベスピエール達の活躍してた（とおぼしき）フランスの景色がよぎった。

あの時のおどろきのイメージは、いまだ、私の脳裏から立ち去ることもなく、いつでも鮮やかにリアライズすることができます。

堀内さんとの出会い　一九六六、七年ころ。撮影インタビューで堀内氏が立木義浩氏と来訪。私の住んでいた若林のマンションにしばらくして引っ越してこられました。

『堀内さん』一九九七年八月　私家版
堀内誠一氏没後十周年につくられた追悼文集に収録

源流を守る人

「マグナム・シネマ」という写真集を、ぱらぱらとめくっていたら、一九四一年のゲーリー・クーパーが、細い釣り竿を、ステッキのように振り上げながら、あやうくバランスをとって、小川に渡した丸木を、わたっている写真があった。

長い脚を、軽妙に交叉させた姿は、瀧口先生にそっくりで、「あっ、先生！」と思わず呼びかけそうになるほどお元気そうで、若々しく、うれしかった。あゝ、先生は、お元気でいらっしゃるんだ、と思ったのだった。

こうした、先生からのお便りは、時々あります。

ある時は、しじみ。ある時は、青のり。ほうじ茶、ブルーベルの香水。すずめ、垣根のばらの花。そしてオリオン座などからも。

最も長い便りは、一九八八年、楼蘭（ローラン）からのものでした。

珍しい、こまごまとしたものを、いただいたり、さしあげたり、子供のように心愉しい時間を持った昔には、電話や手紙で連絡をとり、生身の先生にお会いしたものでした。当時（今もあまり変りませんが）、西も東もわからず、貧しかった私は、先生の下さるカマンベールチーズや、人形が抱いたベルギーのチョコや、パリの香水や、マロングラッセなど、初めて見るものばかりで、本当に飛び上って喜んだものでした。

マロングラッセについては、おかしい話があります。

若林の私の部屋へ、先生がこられた日。四谷シモンも呼んで、いただいた。生れて初めてのマロングラッセを、紅茶と賞讃のためいきと共に味わい、そのあと、するめを焼いて食べました。直後、トイレに立ったシモンが、「ちょっとちょっと、サワコちゃん！」と押しころした声で呼ぶので、飛んでいくと、ドアのかげで、「ちょっと、あんた、さっき食べたあれ、いったいなんだったのよ！」という。「あれって？　あ、あれ、マロングラッセよ。」「だから！　マロングラッセってなんなのよ。なんでできてるのよ。」と切っ羽つまった顔には、もう赤い斑点が畑のようにあちこち広がっている。「え～～栗じゃない？　栗だと思うけど……」というと、「やっぱり！　あたしだめなのよ、くり。アレルギーなのよォ。」「え～～どうしよう。」「わかった！　こうしよう。あんたが焼いたするめのせいよ！　いいわね、そう云うのよ！」というわけで、楽しいおしゃべりは、またまたいつものように、夜更けまで無事に？つづいたのでした。

それからある時、状況劇場の前夜祭で、南阿佐谷にあった唐十郎宅で、夜通しの大騒ぎがあった時のこと。やはり流血さわぎが起り、座って見物されてた先生が、血のついた足を押え、ひたいに手を当てて、一瞬気を失いかけそうなポーズをされたので、私はあわてて、別室にお連れして、マーキュロとバンソーコーを用意し、足の血をぬぐいました。すると、傷はどこにもなく、だれかの血が飛んできただけだったのです。アッ！とうろたえた私は、傷を見ないようにそっぽを向いてる先生に、気づかれないよう、世にもすばやくマーキュロをぬりたくり、バンソーコーを貼って、胸をなでおろしました。先生は、ほどなく正気をとり戻され、それからまた朝まで、右に左に身をかわしつつ、大さわぎの仲間入りをしたのです。

そして、ある日、いつにも増して小さな声でお電話があり、「実は、ニューヨークのミキ君から、小包みが届いたのですが……。何か妙なものが入っている様子なので、こわくて……。庭で開けましたら……ねずみと、それから、たぶん、線香のようなもので焼いて、穴を貫通させた、とてもぶ厚い電話帖が入っててまして……。なぜ、お電話したかと申しますと、宛名が、瀧口佐和子様となってて……。どうしましょうか？ねずみの方はすてましたが……。」

仰天した私は、早速お伺いしたものの、宛名を書いたハトロン紙と、ヒモだけいただいて、呆然として帰ってきたこともありました。

私達、限度知らずの若者たちの中に、しずまりかえったお昼の高みから、わざわざ、飛びおりてこられた、さる高名なるお方。

大洪水のあと、かならず訪れてくれたという、伝説の導きの人、ケツアルコアトル。あるいは、オシリス。

脳血栓でたおれられた時、河井病院へかけつけると、手術を了えたばかりの先生が、まだ昏睡状態のまゝ、手術台に横たわって、運ばれてきました。奥様は、「あなた！あなた！」と、すがりつくように小走りに先生と共に病室に入ってゆかれました。

「私は、どこかに出かけてゆく時は、三日間体調をととのえ、帰ってから一週間は、倒れているんですよ。」と、笑いながら小さくおっしゃられたことなど、思い出しながら、お見舞の花をさげたまゝ、しばらく廊下に立ちつくしていました。

いつも、どんなに遅くなろうとも、朝までも、決して途中で、席を立たれたことがなかった。サム・フランシスのパーティのあとなど、ディスコで、ツイストやゴーゴーなど、無理強いして踊っていただき、巨体のサムと細身の先生の対比とを、大笑いしたものでした。葬式の花輪が発端となった、天井桟敷と状況劇場の大乱闘で、パトカーがきて、寺山さんや唐さんやマロやシモン達が、大挙して捕まる一部始終を、子供を抱いた私と先生とで、道のこちら側で、タクシーをひろうのも忘れ、あれよあれよと見送った夜。

そういえば、昔々、シュールレアリストだという一件で、捕まって八ヶ月、牢名主として、九枚の坐ぶとんの上で坐ってらしたこともありましたね。

病後は、沢山のカラフルな錠剤を、手の平にのせて、ちょっとながめては服用されていましたが、中に混ざっているホルモン剤のせいで、「まるで、少女のように、胸がふくらんできまして……。」と、白いワイシャツの胸の辺りを、きれいな指でそっと押さえて、くすくす笑いをした、いたずらそうなお顔。

時代のワイルドなエネルギーの放射の中で、ちょうど先生の周りだけが、台風の目のように凪いでいて、ふしぎでした。

何かの集会のあと、あまり外出されなくなった先生のお宅へ伺おうと、土方巽さんが皆をひっぱり、大挙して押しかけたことがありました。夜中の二時三時でした。土方さんは、「タキグチー！　タキグチー！」と叫び、先生の奥様が出られて、おろおろと、「瀧口は、もう休んでおりますので……。」と、どんなにおっしゃられても、もう勢い余った土方さんに、とうとう、ガウン姿の先生が、よろよろと出てこられたら、「タキグチ！　死ぬなよ！」と三度叫び、折れてしまうくらい、抱きしめました。それから何人かが、恐縮しながらも土方さんにハッパをかけられ、先生と抱擁。私は、はらはらしながら、後の方で小さく手を振って、お別れしました。

エジプトのアスワンのはずれのヌビア人の村に住んでいた時、私はふだん誰もいかない、ナイルの支流に舟を乗り入れたことがあります。そこは、ゆったりとしたナイルにしては珍しく、急流になっていて、小さな眼のように渦のできる場所で、見わたすかぎりの、黄色いクリームのようななだらかな砂丘に、一本の大樹が茂り、木蔭にたった一軒、バルバル一家の住まうその辺りは、オリーブの樹のかげにひっそりとあった、先生の小さなお家に通底しているような気がしてならず、こゝを「源流を守る人」と、ひそかに名づけた。

思えば、あの書斎は、0(ゼロ)次元、地下王国への扉でした。瓶づめにして毎年いただいた、慈しみのあのオリーブの実は、私の身体の中で、次第にトパーズ色した歓びの木の実となって、ふえつづけています。

先生、私は、瀧口修造というオリオン星に、すみれのような山の声もてよび戻された、シリウスのβ星です。

『コレクション瀧口修造3』月報　一九九六年一一月　みすず書房

第七章　日々の出来事

珠玉のような一時間がなかったら

夜が明けると窓のカーテンをちょっとだけめくって空もようを薄目でたしかめる。ああ今日も一日気分だけでも怠惰にいこうかと心にきめる。うす暗い中で鏡に向かう。何とこのうす明かりにもくっきりと目の下のくまやしわがたしかめられるではないか。それというのも、小学三年の鬼のような反抗娘と、眉毛が一本につながった宇津救命丸の夜泣き娘の二人のせいだ。二人目の夜泣き娘が生まれてこのかた一年三ヵ月というもの、一晩だってぐっすり眠ったことがない。一年以上も朦朧とした頭と身体でいればどんな美女でも老婆となります。昔の人は偉かった、十人も子供を育てて平気な顔をしていたんだから、と冷たい水で顔を洗って歯をみがく。歯をみがきながら窓のところの大きな水槽の中をのぞいてみる。この水槽にえさもやらず酸素も送り込まなくなってから久しい。放っておいて魚と水藻とどちらが勝つかためしてみようと意見が一致して以来、死んでしまった魚の肉を生きている魚が食べて自給自足の生活を続けているらしい。水草は酸素を送っている間おそろしい勢いで伸びていたが、その後は優雅にアール・ヌーボー風の曲線を描いて水槽いっぱいにのた打ちまわっている。泳ぐ場所のなくなった数十匹の魚は自然と死んでいって、わずかな隙間にわずかな魚が哲学的に浮かんでいるだけのドロ沼のようなこのよどみを、私達はアッシャー家と名づけて、その没落ぶりを楽しむことにした。

水槽の横の棚の上には一メートルあまりのボアの赤ン坊の皮がある。この蛇は去年の冬に突然訪れたウロ子と名のる美少女からの贈り物で、時々朝食にはつかねずみを食べて、時々一緒にお風呂にはいり脱皮した。脱皮した皮は少しずつはがれてお湯の表面に浮いた。大人になると七メートル位になるそうで、そうなった時のことを想像して気が転倒しそうになることもあった。前に飼っていたしまへびのスイートは状況劇場の『鐵假面』に出演していた蛇なので牙をぬかれていて、毎朝白いテーブルの上で私達の紅茶といっしょに生たまごをスポイトで飲んでいた。娘達はヘビをヘアバンドにしたりベルトにしたりして遊び、灰色のペルシャ猫のマリイは決して近づこうとしなかった。しまへびのスイートもボアのスイートもある日突然動かなくなり黙って死んでいった。蛇は死んでもまぶたがないので目をあけたままだ。円い上品な目だった。しまへびはリア王の古い本をくりぬいた中に入れ雨風にさらして風化させようとしているうちに、ほんとうの風にさらされて消えてしまった。ボアの赤ン坊は美しい皮を棚の上に残してくれた。

最近の私の日常は単調そのもの凡俗そのもの。朝六時起床、下の娘にミルクをのませ上の娘を叱咤激励して学校へ送り出し、そうじ洗濯をして雑用をすませると昼食。昼食と夕食の間は五月に迫った個展の油絵を描く。十分きざみによちよち歩きの娘が何やかやと甘ったれてくる。必ず来客がある。お客の相手をしながらミルクをのませて昼寝をさせる。浅丘ルリ子の「冬の旅」と新珠三千代の「銭の花」を見る。二人とも本当にいやーな感じ。それなのにいつも見てしまう。朝は「ピンポンパン体操」だの「ダバダバダショー」などお子様番組が鳴っている。乳母車をおして夕方の買物をすませると、宿題をしなさい、お風呂へ入りなさい、歯を磨いて寝なさい、と上の娘を片づけるとまた洋画などちらちら盗み見ながら絵を描く。下の娘はメソメソギャアギャアとまだ起きている。夜中近く、すったもんだの末ミルクを飲ませてやっと寝て下さる。それから一時間ほどボンヤリと放心してベッドに坐ってただ起きている。この珠玉のような一時間がなかったなら私はいったいどうなるのだろう。あしたの朝早いからと思いつつやっと寝る。夜中に二度三度とおむつをとり替える。ああもう朝だ。たったこれだけしか眠らないでよく生きてるわねえブーちゃんと、赤ン坊に毎朝こぼしながら、またミルクや朝食を作る。

この間久しぶりにきれいな夕焼け空をゆっくり眺めてふと下を見たら、隣の家の藤棚に藤のつぼみがふくらんでいてああもう春だったのかしらとびっくりした。藤の花を見ると思い出す人がいて、ちょっとの間センチメンタルになったりした。朝日や夕陽を眺めながらのんびり子供たちと散歩したりしてみたいなぁ。今ダンボールの中で孵化させているカマキリの卵などのぞいたりして、だらだらと朝風呂などにつかってみたいなぁ。などと目前にひかえた個展のための五十点あまりの絵を前にして、そのあまりの仕上がらなさにあせりも通り越して、終わった後の気楽さばかり思いえがくようになってしまった。けれども、私のほんとうの芸術家になりたいという願望は日増しに色濃くなって茜雲のように身体中を染めるので、日常の雑用や育児の隙間のどんなわずかな時間でも盗み取って、その憧れの願望のためにせっせと貢ぐはめに陥るのだろうと予想しています。

『美術手帖』一九七四年六月号　美術出版社

宮内庁マリイ

夜中にふっと眼をさますと、きまってベッドの前の暗幕のカーテンが真中から細い三角形に開いていてそこから外の薄明りがさし込んでいる。首だけ持ち上げて床の方をうす眼で探ってみると、いました、いました。カーテンのすそから顔だけ出してオレンジ色の目玉が二個、また私のことをねらっている。正式にベッドの上に起き上って、相手がまばたきするまでうす眼で睨んでみる。こちらが眼を全開にするときまって眼をめがけて飛びかかってくるので、できるだけうすくして睫毛の間からのぞく位にしないと危険なのだ。ところがいつまでたっても勝負がつかない。そのうち眠くなって大あくびをする。と相手も気をそがれるらしくあらぬ方に目玉を移し、悄然とカーテンの向う側に退散する。夜ごとこういうことのくり返しで、カーテンがすんなりと閉っている漆黒の夜半などに眼をさますとかえってうろたえてしまう。なんとなく探しがてらトイレのある風呂場をこっそり覗いてみると、タイルの上をちょろちょろと流れていく水の行方をだまっていつまでもみつめているエレガントな彼女に出合うのだ。「マリイ」と押し殺した低い声をかけてみるが一向に振り向いてもくれない。

むかし（といっても四、五年前かな）新宿二丁目の行きつけのBARで妙な風に酔っぱらった三人（西落合の白髪の老詩人と知らないおじさんと私）が明治天皇と大正天皇と昭和天皇について議論をしていて、とうとう宮内庁に電話を入れるはめになってしまったことがあった。夜中の二時すぎ知らないおじさんが②①③の①①①①とダイヤル回すのを、店の男だか女だか判別のつかないいかしたママと私はヒーヒーキャーキャーと飛び上って喜びながら耳をすました。「もしもし宮内庁ですか。アーそうですか。裕仁さんにちょっとお伺いしたい件がありましてからに。エッあぁそう。あーそうですか。そうですか。ええ私。私はエー、民間の。ええそうで。中山というものでして。ハアおそれ入ります。ハアハア。夜分遅くまことに。ハイなにぶんよろしくおねがいいたします。まことに申しわけございませんでございます。」とはじめはフォルテ、最後はバイブレーションのかかったピアニッシモという具合に終ってしまい、みんなすっかり酔いがさめてしまった。宮内庁の受け答えが夜中の二時にもかかわらずまことに丁重で、「陛下はただいまおやすみ中でございますので、明日の昼間あらためておかけ直し下さればご用件うけたまわる係にお取りつぎ致しますが」という風だったのだそうな。そのBARのママの名前から「マリイ」という名をいただき、さらに「宮内庁」もいただいて、オレンジ色の炎の目玉の灰色ねこの名前をつけた。男か女か見分けもつかず、バカなのかリコウなのか見当もつかない。

　この宮内庁が私のところにやってきた日のこと。それは去年のクリスマス前の、ことのほか私のごきげんの悪い日であった。その日は朝から堪忍袋の緒が切れていて、どうにかしないとおさまらなかった。有り金残らず自分のものを買ってすっからかんにしてやろうと引き出しをかき回し、来月赤ン坊が生れるまでの大事な生活費十万円をつかんで、しかしいや待てよ、と六万円を元に戻してとりあえず気弱にも四万円ばかりをつまんで、大きなお腹をかかえて外に飛び出した。バスに乗り十分ばかりすると急に冷静になってバスを降りた。そこは三軒茶屋の家具屋のまん前で、前から欲しいと思っていた二段ベッドを買った。またバスに乗り赤坂へいって久しぶりにハイカラな店をうっとりと眺めながら歩き廻って階段をいくつもいくつも上ったり下りたりしながら、結局小学生の娘と来月赤ン坊の父親になる三木富雄という男にクリスマスプレゼントを買った。自分のものは金色の小さな鉛の天使三つと青いタオルを買った。夕方へとへとになってやっと家にたどりつきスゴスゴと部屋に上ってみると、だれも居なくて引き出しの中の六万円も消えはてていた。待ちくたびれたころ二人がバスケットをかかえて戻ってきて、中からもこもこのネズミのようなペルシャ猫を取り出した。一目でこの子猫の未来の不愛想さともしゃもしゃの毛の貫禄が読みとれてなんだか気に入ってしまった。「どうしたのこの猫?」「買ってきた」「いくら?」「血統書つきだよ」「フーン。それでいくらなの?」「……」「いくらだった?」「六万円」「ギョー」こんな灰色のひとにぎりのごみのようなものが六万円だと。あきれ返るのとごみの魅力とを胸の中であわてながらもはかりにかけたらごみの方が勝った。六万円の買いものなどソニーのステレオ以外このうちにはないのだ。それだって十ヶ月月賦だった。その夜からお腹が痛み出し明け方とうとう産院に行くことになってしまった。それなのに何の準備もしてなくておまけに一円のお金もない。タクシーの代りにアパートの上の方に住んでいる友人のポルシェ(彼はこの車の所有者であるというプライドに支えられて生きているらしい)に乗せてもらって近所の産院へたどりついた。そして二十四時間後ぶじ早産した。だから宮内庁としては赤ンボよりも早くからこの家にいて自分の方がよっぽど偉いのだと思っているらしく、赤ンボに近よりすぎて叱られたりすると荒れ狂って天井までかけ上ったりかけ下りたり色といい形といいまるでマシラの如くなる。この間ジュータンを五年ぶりでクリーニングに出したら、店員さん二人が「このジュータンもしかしたら猫のトイレ専用だったんですか?」というから「あらなあぜ?」ときいたら「ものすごかったんですよ臭いが。

ぼくたち二人、二回とも失神しかけたんです」「なんで二回なの」「ふつう一度洗いなんだけど二度洗ったんですよ。ひどいから」私たちはそんなひどい臭いなど感じないので多分マヒしているのだろう。外から入ってきた人達は私達のことくさいくさいと思っているのかもしれない。

あれからそろそろ一年になる。あのころ上の娘（将来はマネービルというビルを建設して管理人をやるそうで、一にケチ二にケチ三にケチと毎日のように言っている。その上妹と二人でハリ指圧あんま業もやるといっている）が一メートル位のしまへびを飼っていてヘアバンドにしたりベルトの代りに巻きつけたりして、冬眠の時期に入っていたせいもあってとうとう死んでしまった。秋の間ずっと状況劇場の「鉄仮面」に出演していたため牙をぬかれていたので、毎朝テーブルの上で私たち人間は紅茶をのみデリケートなへびのスイートちゃんはスポイトで生卵をのんでのどをさすってもらいせっかく仲よくしていたのに。それにひきかえ宮内庁のマリイの方はけられても投げられても何も感じないでとうとう成猫した。ついこの間血統書が送り付けられてきて本名がセントラルハウスアリスだということが判ってからは、さすがの乱暴娘も蹴ろうとした足がひっこむ思いをしていると言っていた。父の名ウイマウマ・エルフ。母の名 Silver Candy Bell Brond's。ホワイトムーンやブルースカイベイビイドールなどすてきな名前の先祖がぎっしりとつまっていて、なんだか位負けしてしまった。それ以後マリイに野うさぎの毛皮のえりまきをすることにした。成上りの貴婦人みたいでとってもよく似合う。最近は廊下のうす暗いところでヨチヨチ歩きの0才の娘とひっかきっこしたりしてひまをつぶしている。ときどき廊下の向うから彼女たちが一緒にこちらにやってくるのをみていると、フランケンシュタインが狼男を従えてギーコギーコと近づいてくるような錯覚に陥る。

今でも夜中に目がさめるとカーテンは細長い三角形に開いていて大きなオレンジ色の二つの宝石がピカーと光る。カーテンの開いていない夜半は、風呂場のタイルの水の行方をみつめていると思っていたら、台所のすみで鰹節をけずっている宮内庁をみつけた。夜中鰹節けずりの音で目がさめることが多くなって赤ン坊の夜泣きカンの虫と相まって私は近いうち睡眠不足で衰弱死するでしょう。

『草月』九二号　一九七四年二月　草月出版

私のアパートの五階の窓から

私のアパートの五階の窓から新宿のビルディングが見える。ちょうどガスライターほどの大きさで。窓にある二本の鉄の手すりごしにそれを見ていると、船に乗って旅をしているように思われます。ここの船室に移ってから、もう十年以上。めまぐるしくいろんな事件があったような、何にもなかったような、時のたつのも夢のよう。

人見知りと場所みしりのひどかった私も、やっとこのごろ人見知りの方だけはなんとか解決して、ようやく二十歳という心境です。二十歳のころからこういう状態だったら、もうちょっとましな人生送っていただろうに、と無念な反面、一日ごとになんかしあわせーな気分になってゆくこのごろです。「うん、満足満足」とうなずきながらこのままいけば、あと二、三年で恍惚の人になってしまいそうな勢い。

自分の部屋にいるのが一番好きで、外出してもすぐ「おうちに帰ろう」と思うし、めんどうくさいので旅行なども自ら進んではしない。

高三の夏休みに四国山脈をかきわけて東京へ出てきて以来、緑や山や川を見たいと思ったことも一度もない。ギンギラの夕焼けや、台風の海のすさまじさ、渓谷になだれ落ちそうに咲きこぼれていた山ゆりやまんじゅしゃげの群れやとかげやあれやこれや全部まとめて私の身体の中に入ってしまっている。だから一生コンクリートに囲まれて快適にくらしていける。

今、手もとにないものといえば、お金と男ぐらいだけど、これも考えようで、どこかに必ずある（いる）はずで、そのうちきっと出会うだろうという根拠のない確信にみちみちているのでそのことは問題にもならない。

今考えるんだけど、どうして子供だった頃や、もっと若かった頃、あんなに不幸な気持で生きていられたんだろう。

『流動』一九七八年一月号　流動出版
初出時は無題

ジュラルミンのトランク

若林のマンションに住んで、もう十二年になる。移り住んだ当時二歳だった長女も、もう中学三年生となり、身長も体重も軽く私を超えてしまった。そしていろいろな事件があって、もうひとり娘がふえて、その子も七歳となった。

女ばかり三人の家庭は、私が一番年長だという理由だけで、画を描いて生計をたてたうえ、女中としてこき使われ、もう気息エンエンである。とくにむし暑い六月から夏にかけては、死んでいたいくらいである。それに、私のベッドはセミダブルで、一人で寝るにはなんだか大きすぎる。かといって今さら小さいベッドはきゅーくつだし……。

六月も半ばを過ぎたある不快な日、私はついにこの気にさわるベッドといす四脚、不用になったレコード、本、食器などを、まとめて処分した。十二年間の生活のあかがちょっと落ちて、風通しがよくなった。

さて夜がきて、寝ようとしたら敷ぶとんがない。とりあえず座ぶとんをしきつめて、その夜は寝た。次の日、「なんだか、みじめえー。」と子供たちが合唱するので、追いつめられてハタと素晴しいアイディアが浮んだ。早速、バスの窓から日ごろ目をつけていたカバン屋の店先につみ上げてあるジュラルミンのトランクを買いに走った。そして一番大きいのを四コ連ねてベッドにした。トランクの中にはもちろん物質が収納できる。すっかり有頂天になって、小さいものも二つ足してテーブルといすにした。

そうだ、何もかもトランクにしてしまえば、家具など何もいらないのだ。子供たちにも大小一つずつ与えれば、机といすにして何もかもすっきりとする。「行きすぎョー」という娘たちを尻目に、私は断行することにきめた。

もともと狩猟民族であるのに、いたしかたなく農耕をせまられて、つらい毎日を過している私にとって、せめてものイメージによる脱走である。部屋中をコンテナーのようにして暮していれば、いつだってかんたんに引越すことができるだろう。ここは仮りの住居なのだ。私はここではなく、別のところに住んでいるのだから。

『草月』一三一号　一九八〇年八月　草月出版

勇気を持ってたった一回だけを生きる

未開人の写真集を何冊か眺めているうちに、ふと気がついたのですが、「アレ！」と驚く写真がすべてパプア・ニューギニアの原地人の姿なのです。

その一人のいでたちたるや、ものすごく広く横にへしゃげた鼻に太い骨をさし、脚はガニマタ、下半身はだか。もちろんのことハダシ。上半身にはうってかわってニューギニア・ヴィレッジャーと英語で印刷したナウいTシャツを着て、ピカピカの銃をささげ持っている。しかも使い古しのマサカリを脇の下にはさみ込み（いざという時はきっとこちらを使用するのだろう）、カンタス航空のショルダーバッグを肩にかけ、モシャモシャ頭に若き日のエリザベス・テーラーのブロマイドをさしこんで、ものうい表情でエレガントにたたずんでいるのでした。

私はこれを見て絶句してしまったのですが、彼の文明のとり入れ方のオリジナリティに感動したからであって、その感動がエスカレートして、もう一匹子供を産むとしたら、このニューギニア人をおいて外にはないとまで思ってしまいました。ところで私も四十歳になってしまったのでゆっくりしてもいられず、今年か来年中には実行に移さなくてはなりません。話が大分それてしまいましたが、ただ今のところ装っている姿で一番のお気に入りがこのパプア・ニューギニア人なのです。人間のかわいらしさの原点がみえるような気がします。

ちょっと前の新聞に、中国の多毛児の女の子が五歳になり、地面まで届いた顔の毛を二つに分けておさげにし、大きなリボンをつけた写真が出ていましたが、にっこり笑ったあどけない姿がとてもチャーミングでした。普通ならば見世物にするか世間の眼からひた隠しにするところを、身体中の毛をくしけずり、リボンさえつけさせて堂々とひけめも感じさせずに育てているということがたまらなくうれしく、喜びさえもが伝わってくるのです。

幼い頃、よく家の戸口に立って物乞いをする「ババオンチャン」と呼ばれるモーゼのような乞食がいましたが、その人はあまりに風格があったので、小走りに食べ物を持っていく母や祖母が貧相にみえて仕方ありませんでした。そのころからなぜか私は身ぐるみひっかついで移動する乞食が好きで、驚きあきれるような独創性あふれるオランウータンのような乞食に出会った日など、妙にはしゃいで一日中幸せいっぱいですごしたものです。

私もいつかああいう人になりたい。せめてトランク一つ位持って移動できるジプシーのように身軽で晴れやかな身分になりたい。それなのに狭いマンションの部屋にいやになる位雑多なガラクタをつめこんで、なんとやっかいな暮しをしていることだろう。私にとってこんな不本意な装いはない、と憤りさえ感じます。去年だったか急に思いついてベッドやテーブルをすてて、全部アルミニウムのトランクにかえてしまったことがありましたが、それもいつの間にか中途半ぱに終ってしまって、またもと通りに近いモタモタした暮しをしていますが、憧れと現実のはざまにあって、でも気持だけはいつも憧れの方向にしっかりと矢印を向けているつもりでいるのが、せめてもの救いといえるでしょう。

人間の生き方が装いを決めるというよりも、装いが人の生き方を決定していくことの方がむしろ多いような気がしますので、装うということがいかに大切であるかが身にしみるのです。

服装といえばターザンの妻君のジェーンが着ているようなヒョウの毛皮のオールインワンなどが最高だ、などと思っているジプシー志向の甚だしい母を持ってしまった子供たちへ。いかなる場合にも、人間のかわいらしさを失わないでほしいと願っています。

その気持さえ忘れないでいてくれれば、私は装うということについても生き方についても、どのような実験も冒険も失敗もおそれることはないように思われるのです。それだけを忘れずに勇気を持ってたった一回だけの人生を彩って生きてゆくように——。

『婦人画報』一九八一年七月号　婦人画報社

一日二回のティータイムを死守する男。

いきおいよく玄関のドアが開いて、下の娘が飛びこんできた日があった。「きょう学校のかえりに面白いおじさんに会ったんだよ」とランドセルを放るのももどかしく、息せき切って話しはじめた。学校のかえり道に、もとは水路だったと思われる細長い場所に、樹木や草花を植えてちょっとしたベンチなど置いてある、あまり用途のはっきりしない通りがある。私も一年に二、三度は学校の行き帰りにそばを通るのだが、ずいぶん草木の勢力の強そうな妙なところだな、と思った程度で足を踏み入れたことはなかった。小学三年生だった娘のいうには、そこにぼろをまとったおじさんがいて石を積みあげて火を焚き、カンヅメの空き缶でお湯を沸かしていた。「なにしているの?」とたずねると「いやちょっと、なんか飲もうかと思ってね」というから「なんかって何? コーヒー?」といったら小さな声で「いやあー。そんな上等なもんじゃないよー」と恥ずかしそうに云いながら、アルミのコップに茶こしをのせて、葉っぱを入れてお湯をそそいだら「ママ、すごくきれいな色の紅茶ができたんだよ。ほんとだよ。匂いもちゃんと紅茶だったんだから。すごいでしょ」とうきうきスキップしながら又外へとび出していった。なんだか私も飲みたくなって台所に立ったら、何十年も昔のある光景が甦ってきた。

私の住んでいた高知県のはずれに室戸岬という台風の名所がある。荒波奇岩のその岬にほど近いうす暗い岩場にほら穴があって、そこに住みついている男がいた。私は二、三度遠くからその男を見かけたが、いつも打ち身のあざみたいに青黒いぼろをまとって、ちょっと近寄りがたい畏怖を感じさせるのだ。ほら穴の奥にはあたたかいオレンジ色の灯りがともっていて、ちょっぴり切ないようななつかしさで、ローレライのように手招きしているのだった。あそこにはもしかしたら、ビロード張りの深紅のソファなどがあり、本棚には見たこともない本が並んで、香りのいいお茶の湯気がたちのぼっていたのかもしれない。嵐ヶ丘のヒースクリフのようにいかつい背格好の男であった。そういえばヨークシャの荒涼たる嵐ヶ丘の屋敷でも、鉢でお茶を飲んで手も洗わないでパンを喰ったりしていたのだ。

午下りの樹もれ陽がレースのカーテンからちらちらとこぼれおちるテーブルで、繊細なティーカップをつと白い指先が……などという洒落た場面を思い出そうとあせってみるが、皆目うまくいかない。思い出してしまったのは又しても武骨な戦場映画の一場面だ。

第二次大戦の激戦の最中、老眼鏡をかけた風采の上がらない小男が、アルマイトのコップに何やら化学者のような手つきで調合したものを、後生大事に嗅ぎ味わって恍惚としているシーンがあった。長時間かけて飲み干したあと、底に残ったカスをまた例の手つきで胸ポケットの小さな容器に移すのだった。彼は英国の出身で、一日二回のティータイムはいかなる状況に追い込まれようと死守するかまえでいるのだ。もはや味も香りもゼロに近づきつつある紅茶の葉っぱをくり返しくり返し味わい続けているこの初老の男は、たしかドナルド・プレザンスという役者で、コロンボに追われるワインに精通した犯人も演じていたが、こういうモノマニャックな役をトツトツと物静かに執拗にやっていると哀感があってとてもいい。

戦争といえば、あの焼け跡で進駐軍にもらったカンヅメの粉砂糖を入れてアルマイトのコップから飲んだお茶には、火と時間の匂いがあった。あの匂いは、金属くさいお湯にとけて私の身体にしみこんでゆき、きっと今でも身体のどこか片すみをかけ巡っているにちがいない。

しまへびとボアを飼っていたころのこと。私達家族が紅茶を飲みパンを食べる朝のテーブルのまん中では、しまへびのスイートがとぐろをまいてスポイトで卵の黄身をのませてもらう日々が続いていた。スイートは以前、状況劇場の芝居にでて牙をぬかれていたので自分で卵をのみこめないのだ。壁にはアカプルコのえいがはね上がり、軍艦が波をけたてて疾駆していた。今ではこの壁に恐竜の絵巻きが貼ってあって、うす紫にけむった遠くの山々は火を噴き、ふしぎな植物をかきわけて大小さまざまな恐竜が無心に遊んでいる。子供たちが登校したあと、仕事にとりかかる前のひとときを、私はこの桃源郷のような光景を眺めながら、ゆっくりとお茶をのむ。その日の気分で香りもカップも変わる。時には一輪のバラなどを飾り、ちょっと気どってみるが、大きな丸いテーブルもよく見ると、白いペンキがまだらにはげて、大やけどのような傷が大胆にちりばめられている。私だって白いレースのテーブルかけぐらいもっているのだ。かけてみたら?と子供たちはからかうが、そんなことすればきっとあがってしまってカップをとり落としたりして、又どうせ大やけどの跡をこしらえるにきまっている、という目つきの目玉が四個、私の前でグリグリと動いているしまつ。

『ミセス』一九八三年八月号　文化出版局

馬の生首が頭蓋骨に変わるまで

去年の夏から冬にかけて、骸骨にこってしまった。本屋をかけ廻って医学書をあさり、人相のいい骸骨さがしに没頭した。特に頭蓋骨は、男・女・子供・老人とそれぞれ全く表情が異なる。手と足の骨はなぜかシャンデリアを連想してしまうように美しい。あばら骨もなかなかである。骨盤は蝶々と王冠だし、大腿骨などは思わずバッテン印にクロスさせて、男の頭蓋骨の下にもっていきたくなって、昔海賊が旗印に使ったのも、なるほどなるほどと、深く首肯けるほど力強いのだ。

骨といえば、部屋のTVの横に大きなガラス瓶があって、馬の頭蓋骨が入っている。一九七〇年のある日、うそみたいだが嵐の吹きすさぶ夕暮れ時に、獣医学校の生徒だった美少女のチカコちゃんが、血だらけのダンボール箱をかついで飛び込んできた。思わず私は後ずさりしたが、中には手術して死んだばかりのまつ毛の長いやさしい顔した女の馬の頭が入っていた。チカコちゃんは早速出刃包丁を買いに走り、お皿の裏でチャカチャカと砥いで「ゴーダさんの好きな骨にしてあげる」といった。骨はいいけど肉や血などは「ゴメン！」の私も、もう後には引けない。お風呂場で二人して解体し始めた。弟が帰ってきてのけぞった。あくる日もまた二人でせっせと励んでいるところに、偶々久里洋二氏が訪ねてきてその場を見てとるや「そのまま！　そのまま！」と叫んで、16ミリカメラを抱えてすっとんで戻り、一部始終を撮影した。後で私たちがお茶づけさらさらかきこんでいる場面まで写し、そこだけ早回ししてまんがのようにしてしまった。

骨についた肉はなかなかはがれず、深ナべを持っている堀内誠一氏宅に借りにいったが、馬の頭じゃダメという。仕方なく石油カンを買って煮た。そして煮ても焼いてもとれないのが上顎の肉だという発見もしたが、次第に怖くなり、とうとうガラスの大瓶を買ってホルマリン漬けにして、NYへ行き八ヵ月後に帰ってきたら、きれいな骨になっていた、という次第。

現在チカコちゃんはハリウッド近くで獣医を開業して、スター達のペットのめんどうをみているはずだ。

『FREE』一九八三年一二月号　平凡社

エジプトっ子VS.日本児童、砂漠の対決

5年前、中学生と5歳になる2人の娘をつれて、エジプトへ行った。ギザのピラミッドは、果てしもなくだだっ広い砂場に、唐突にそびえ立っていて、ほんとうに人間わざとも思えない程の巨大な石のかたまりだ。絵はがきで見たこの辺りは、人っ子ひとりいない絶対的砂漠だったのに、近づいてみると、ラクダと馬とロバをつれた何十人もの男と男の子供が、観光客めがけて突進し、むりやりラクダに乗せる、という修羅場だった。乗っただけなら○○円。一歩でも歩いたら○○円加算。乗ったら当然、ラクダのお尻をけとばす。で、ラクダは思い切りつっ走る、という仕組みになっている。

5、6歳の男の子がロバをひきつれて、格好のえものを物色中、私の下の娘に目をつけた。ねらい定めて裸足でうちのチビを追っかけ回す。ランランと輝く大きな目玉をみひらいて、浅黒い不敵な面魂が迫ってくる。逃げまどう軟弱な同年配の娘のなまっ白い顔を、いらいらしながら見て見ぬふりをしていたら、案の定ロバの背中にまたがって

べえべえと泣きだしてしまった。私はとりあえず「泣くんじゃない、バカモン！」となっておいて、証拠写真をパチパチと撮りまくった。なにしろ、日本の過保護児童の一員であるみっともない5歳と、エジプトのすでに一本立ちして暮しを立てている5歳の、そのちがいを写さずにはいられなかった。

コレラと種痘の注射でダブルパンチを受け、40度の熱を出して26時間の飛行中、氷枕をあてっ放しだったチビも、期末試験を休んでシブシブついてきた上の娘も、エジプト旅行のあと日本児童病が少し治った。以前のように、子供部屋がたったの3畳で、しかもそこに2人もつめ込まれていて、人間の住む所じゃない、などと言わなくなり、鼻歌うたって楽しい毎日が続く。病気が出そうになると、トランク一杯ひろってきた黄色やピンク色した砂を床にまいて、アルバムをゆっくり眺め、業病の再発をくいとめます。

『FREE』一九八四年一月号　平凡社

怪談・小学校

この前の日曜日、五年生になる二番目の娘からピンクとブルーの切り絵を貼りつけたきれいな招待状が手渡され、間近に迫った個展のため頭が混乱している私も、半ば強制的に全校生徒の工作展を見るため、区立若林小学校の体育館へと人並みにかけつけた。

宇宙空間や木型の動物たち、理想の家の模型など、子供たちの屈託のない大胆でかわいらしい作品を見ているうちに、昔々あるところでこしらえた極彩色のミノ虫ドレスのことを思い出してしまった。

あのころは見わたすかぎりの焼け跡で、私は進駐軍にもらったガムの銀紙やキャンデーの包み紙でドレスを作り、五本の手指に着せて爪に目鼻を描いて友達ごっこをして遊んでいた。それは次第にエスカレートして、マッチ箱の中に色とりどりの糸や絹のきれはしと裸のミノ虫を入れて、極彩色のきれいなミノをつくらせるようになっていった。ミノはちょうど私の小指にすっぽりとはまり、うっとりとするような出来ばえだった。そして幾分申しわけないような罪深い気持で、裸のミノ虫をもとの木の枝に返しにいったものだった。

そんなことを思い返しているうちにめまいがして、頭と肩に突然重石でものせられたような息苦しい気分になってしまった。私は、一見のどかなこの学校にくるたびに、多少の差はあれなぜかどっとくたびれるのだ。

授業参観のときなども睡魔におそわれたり、立っていられないほどだるくなって思わず柱や壁によりかかって、あらぬ方向に眼をやるはめになる。「お母さんの態度はいつも不まじめそうで恥ずかしいからやめてネッ！」といつも子供に叱られるが、どうしようもないほどぐったりしてしまうのだ。その話をすると、上の娘が「あら知らなかったの。あそこは創立百年以上たってるけど、その前は墓地だったのよ。浮かばれてない仏さんが、ママの背中におんぶしてくるのよ。ハハハハ……」とうれしそうに笑った。

『FREE』一九八四年三月号　平凡社

裏返しの世界へ行った日

あれは、一昨年の真夏の夜のことだった。

いつものように夕食を終えて、子供たちはテレビを見て笑い、私もベッドの上に座って笑っていたら、ふいに妙な気分が襲いかかってきた。それは、生れてこのかた味わったこともないような、何とも名づけようのない気分で、あれよあれよという間もなく、その気分の磁場にずるずるとひき込まれてしまったのだ。

部屋の中では、子供たちはあいかわらず話したり笑ったりしていて、テレビもさっきのままだ。音がみるみるうちに遠のいてゆく。それに感情もすっかりなくなっているようなのだ。ここが自分の部屋で、あそこに動いているのが子供たちで、といったことがおぼろげに判別できる程度の状態なのだ。丁度、裏返しの世界へはまり込んで、透明な膜をへだてて、さっきまで住んでいた世界を向う側に眺めているような具合なのだ。たいへんだ、何とかしなくちゃ、と感情のないまま文章を棒読みするように、私はあせった。必死の思いでその膜をつき破って帰還するまで、せいぜい2、3分だったのかもしれないのに、私は何カ月もの遠出の旅から帰ったかのようにぐったりしていた。

その日からほぼ10日間ほど、連日のようにふいにこの裏返しが襲いかかった。バスの中や台所や人ごみの中で。ただでさえ軽量の身体からは、すっかり実体感が消えかかっていた。

ともかくもクタクタになってベッドに倒れ込んでいた夜に、またあのにっくき裏返しがやってきてしまった。二度と帰ってこられないような奇妙な速度で吸い込まれる。それはココロヨイとココロヨクナイの中間的な速度なので、居ごこちがいまいちきまらず、次第に不快になってゆく。どうにでもなれと居直り強盗のようなエネルギーをふりしぼって私はUターンした。帰り途がわからない。気がつくとベッドの中で汗びっしょり、ジークフリートのようにゼーゼーと息を切らしていた。居ごこちがよければ私はノーリターンだったのだ。

この時いらい「虚空をつかむ」ということばが切実にリアリティを持って迫ってくるようになった。

『FREE』一九八四年五月号　平凡社

子供・大人・時間の流れ

バスに乗ってぼんやりと窓から外を眺める。

ほんとうに今日このごろは、「事実は小説よりも奇なり」を地でいくような事件が次々と発生し、超スピードでコウモリみたいに頭上を飛び交ってゆく。きのうの事件はもう遠い。私ときたら、今朝何をしたかもう忘れてしまっている。もろもろのことが思い出せないままに、あちこちちぎれてひっかかっている。

街のウインドウに自分の顔が映った。

子供二人と暮らしていると、いつもピカピカの新品の顔ばかり見ているので、つい自分も同じだとばかり思っていたら、なんとガラスに映った顔には昔なかったはずのカゲりが見える。なんだか肌もおとろえた。一瞬ギクリとするが、ああそうだ私はもう子供じゃなくなったんだと納得する。

夏の間に、台所にころがっていたさつまいもから芽が出た。みずみずしい緑色の葉っぱが次々に首を出して元気に伸びてゆく。いもづるはアールヌーボー風のアーチを描いて空中に躍っている。ひとしきりのた打ったいもづるも、秋の深まりと共にだんだんと艶が消え、葉っぱは枯れ、終焉も間近といったありさまである。そうなると、もう全然かわいくない、見たくない、わずらわしい。で同情心すら二秒以上続かなくなってしまったのだ。すぐにでも野原かどこかに捨ててしまいたいのだが、しおれかけの花を捨てるたびに「残酷ネッ!」と子供たちに叱られるので、まだそのままだ。いっそミイラのように干からびてくれればほっとするだろうに。

私だって数年前までは、枯れ始めた花の風情など子細に眺め、なかなか味がありますナア、などと愛でたものだ。しかし今や、枯れゆく花は他人事ではありません。

それにしても、子供を二人産んで白髪もずいぶん目立つようになってしまった私は、いったいどの辺りで子供から大人になってしまったのだろう。そんなこと全然知らなかったとしらばっくれれば、子供の庭でもうしばらくは遊んでいられるものなのでしょうか。

『FREE』一九八四年二月号　平凡社

同列等価値の三者共同生活

子供は、ふつう、父親と母親の間に生まれるが、どうしてもそれだけでは合点のいかない点がある。

わが家の二十一歳になる長女は、父親似で背が高く面長で、十四歳の二女はこれまた父親そっくりで丸顔である。

というのも父が異なるからで、これには何の不思議もないのだが、父母に似ず、祖父母にも似ていない。どこから降ってわいたのか、もう一人見えない父がいるのかな、と思える妙な瞬間がある。ちょっと五官をこえたところの感覚なので、言い表しにくいのだが、子供を産み育てたことのある方なら、きっと同感していただけると思う。

妙といえば、女の子は生まれた時から、なにげないしぐさといい、表情といい、これぞ女の神髄といえるある種の完全さを備えている。ところが幼稚園や学校で教育を受け、親の右往左往にまき込まれたりしていくうちに、次第にそのあるがままの完全さを失っていくように、私には思えてならない。

実はわが家の上の娘は、生まれて五カ月で父と生別し、下の娘は、五歳の時に父と死別した。二人の父と一人の母（私）の三人は、三人とも芸術家といわれる、つまり反社会的な人々だったため、娘たちは必要以上の苦楽の波風にもまれてきたにちがいない。

子供を両手にぶらさげて綱渡りしてるような、母娘三人暮らしがずっと続いて、二人が十九歳と十二歳になった時のこと。エジプトの最南端の町アスワンのはずれにあるヌビア人の村に、三人で移住するというおまけがついた。

簡単に言えば、それは母である私のふとしたひらめきの結果であった。が、酷熱の砂漠地帯で死んであたりまえの、ビックリマークのとび散る一年を過ごしたあと、「お母さんはもういろんなこととしてオワッタ人だからいいけど、あたしたちはこれからなのよ。勉強したいし映画も見たい。都会がほんとに恋しいよーー」と泣きつかれ、東京へUターンした。

それでも私は、年に何度かヌビア村に出かけていき、娘たちは二人だけで結構ちゃんと暮らしている。

最近では、娘たちに対し、ただ私が産み育てた子供だという以上の、故あって私の身体を通過してきたふしぎな人たち、というくらいな気持ちで接している。

まあ私が一番年上で、まだ老いぼれてもいないから、生活のめんどうは見ているが……といった感じの奇妙なバランスを保った、同列等価値の三者共同生活が当分続いていくのだろう。

『日本経済新聞』一九八七年一一月二一日夕刊

かえでの種子

わけもなくあわただしい日々のスキ間、下の娘のショッピングのお伴をして渋谷に出た。東急ハンズへ向う途中、新しくできたロフトに入ってみたいとせがまれ、「じゃあ、ちょっとだけよ。」と、ものすごい人波にヨロケながら一階を廻る。「二階も見たい。」
「えー? ちょっとだけよ。」とまた云って、押されながらエスカレーターに乗った。

とたんに、前にいた男の人が振り返りざま「お久しぶり、ゴーダです。」と云った。私もゴーダなので驚いていると、「伊豆大島の土地がすごく安くて、○○坪××円位で、こんど引越そうと思ってるんだけど……」という。

スゴイ。活火山島だ。穴場だ。明るい陽がパッと射したような気がしたので、間髪を入れず「私も行く。」と云った。ゴーダさんは、そういえば以前、演劇の仕事で2回位あいさつしたことのある衣装のゴーダさんだった。

両者急いでいたので、紙袋のすみをちぎって、電話番号を書いて交換し、別れた。

私は、たった2、3秒の間に引越しを決意したということに大満足して、足どりも軽く飛ぶように買い物して、飛ぶように家に帰った。

数日後、さっそくヒコーキに乗って大島へ。あいにく小雨がちらほら。2発のプロペラがくるくると回転して上昇してゆく。白い雲間からぼんやりと東京湾が見え、船がいくつか、白い尾をひいて沖に出てゆく。

くるくると回るプロペラに目がとまる。ハテナ、何か……何だっけ？　なにか思い出しそうなのに、アレレ、エートエート……。

そうだ、かえでの種子！　あのことだった。小学校の放課後。音楽室の方からピアノの音がきこえてくる。ユウーベトナーレバウーツクシー、ドナウ河の漣だ。

私は足音をしのばせて、裏道の苔むした岩伝いに、音楽室の方へ近づいていった。と、上の方からクルクルと小さな肌色のプロペラのようなものが、ゆっくりと舞い落ちてきた。よく見ようと目をこらした瞬間、気を失いかけて地面に倒れた。倒れる一瞬、恐竜の右往左往する太古の光景を見た。巨大な羊歯やトクサ、シュロ、鱗のある樹々の中を、大小の恐竜が遊んでいる。遠くの方には、うす紫色に煙る噴火山が見える、桃源境のような景色だった。

私はその小さな肌色のプロペラを、チリ紙にくるんで家に帰り、大人に見せた。それは「かえでの種子」というものだった。小さな桐の箱に綿をしき、翼のあるかえでの種子を寝かしつけて大切にしていたが、いつの間にか見失ってしまった。20年ほど経って、友人の○ちゃんがN・Yみやげに、博物館で絵巻物を買ってきてくれたが、開けてドッキリ！　2mほどの細長い絵は、むかし私が見たあの桃源境の景色そのものだった。そしてやはり遠くの方に、煙を噴くうす紫色の火山があった。

そんなことを思い出していたら、スチュワデスが「皆さま、本日は気流が悪いので、機内サービスはいたしません。」と云った。別にゆれてもいないしどんな具合かなと外をのぞいてみたら、いけない！　海につっこみかけてる。ヒドイ、思わず自分の椅子を両手で持ち上げようとあせった。が、これは早とちり、ヒコーキは今まさに島に着陸せんとする寸前だったのだ。ほっとして上空から眺めた大島の人相？はとても良かった。

空港を出てはじめて乗ったタクシーの運転手の川島さんが、もう不動産屋のいなくなってしまったこの島に、土地を見つけてくれたので、来春3月引越しを決めてしまった。

三原山の噴火も、もはやひとごとではありません。ワクワクゾクゾク。温暖多雨で植物だらけのこの島で、噴火というご馳走つきの自給自足の生活が待っているのだ。

乾燥と岩石が好きで、湿気と植物のこわい私も、ここらで身をひきしめて、りこうな植物たちにあざけられぬよう、折り合いをつける極意を体得しなければならぬ日が近づいてきました。

『うえの』一九八八年八月号　上野のれん会

現れては消えるあのシーン、あの俳優

数年ぶりの風邪で、十日間寝込んだ。せきや悪寒、高熱の旅から帰ってみると、世界はわずかながら変容していて、私は背丈がのび、窓ぎわのサボテンは巨きくなっている。久しぶりにカメラを持って、日なたではちきれんばかりの紫色のさやをつけた、ツタンカーメンのえんどう豆を、クローズアップでねらう。カメラが重くて、まだ少しふらつくけれど、私は、やたらクローズアップ多用の映画監督みたいな気分で、いつも写真を撮っているのだ。しかも、タイトルシーンの導入部分ばっかり。何十何百と撮った。

高熱の中で、うとうととしているとき、どういうわけか、突然、忘れ切っていたマリア・シェルが満面に笑みを湛えて現れ、張り切ってお客にごちそうをふるまいはじめた。たぶん「居酒屋」の一シーンだ。大きなボウルに生のレタスを山もり千切ってもり上げている。私は子供のころ、まだサラダなるものの存在は知らず、葉っぱを生のままバリバリ食べまくるこのシーンに仰天した記憶があって、それがふいに出てきたのだった。

たいして好きでもない人が現れるなんて、なんだか夢に似ているわねえと思いながら見ていたら、消えた。

そのあと、武蔵に追いすがって道端にこけるお通さんの八千草薫の顔が、スクリーンいっぱい大写しになる。かわいらしい八千草のくちびるが荒れていて、皮がちょっとむけそうになっている。どうしてこんな大写しになるのに、くちびる、ちゃんとしておかなかったんだろう、とそのことに長い間こだわっていた。

それから「レイダース／失われた聖櫃（アーク）」で、どこか砂漠の断崖の下で、悪役のフランス人が演説している。はえが口にとまり、ひょいと中に入ってしまった、が出てこない。しゃべりおわって口を閉じた。カメラはずっと回りっぱなし。食べてしまったのかしら？　ビデオで何度もたしかめたりしたことなど思い出した。

あゝ、でもこんなことじゃなく、何かすてきだったシーンを思い出したい。花のように白い顔が出たりひっこんだり。リリアン、ガルボ、デートリヒ。「モロッコ」が出てきた。「モロッコ」のラストシーン。デートリヒが砂漠の中をゲイリー・クーパーを追ってゆく。砂がきれい。デートリヒがきれい。ハイヒールをぬぎすてて、なおも追いすがる。ゲー！　はだしだ。山羊を連れ、黙ってついてゆく現地の女の人達の真似したんだろうけど、あんたはだしでどーすんの！　周りの人のえらいめいわく。陽がのぼればやけどするんだ、バカ、アホ、ボケナス。ヌビア砂漠で一年暮らしたことのある私は、以前この映画を見て疑問を持ったことに加え、更に絶対の確信をもって腹をたてる。いいかっこすんなよボケ。甘い汁ばっかり吸ってるからだ。なんでこんなにやたら腹たてるんだろうと思いつつも怒りがおさまらない。白人のおごりだ。しらける映画だ。いいかげんにせんかバカヤロ。美しく撮りゃーいいと思ってんのか、このボケ監督が。バカとボケしか言葉が浮かんでこない。だんだん息苦しくなって、せきが止まらなくなる。また熱が出た。ふとんをかぶっていると、口なおしするみたいに、「髪結いの亭主」が出てきた。幸せの絶頂で、美しい女房にとびこみ自殺されて、ひとり残されて、踊ってる。いいなあー。

「山猫」で、白い極上のレースのカーテンが、風にゆれてなびいている。きれいだなあー。「糧なき土地」で、白痴の群れが道端で笑っていて、そこだけが幸せそうにほの白く光っている。その地は、あまりに不毛の地で、生きるのにつらい土地で、歌もなく笑いもない土地なのだ。そういえば、戦後にも、浮浪児の群れが、みじめなのに不敵な面構えで、くわえタバコなどして生きぬいていたんだった。

私も、終戦を五才で迎えた。焼け跡の中で、色ガラスが溶けて土や石と合体した塊を発見、半狂乱になって集めたりした。後年、この原体験は、ガラス箱のオブジェなどとなって、くり返し現れてくる。

小学校で流行ったものの中に、ブロマイド集めというのがあった。当時一番イカシていたのが「アラカン」こと嵐寛寿郎のブロマイドだった。これを何枚持っているかで、ランクがきまる。鞍馬天狗の頭巾をかぶった長い顔が月光写真のようにうすぼけて写った小さな写真を、町はずれまでかけずり廻って探し集めた。そのころそんな言葉は知らなかったが、ダンディな気分だった。集めたブロマイドを輪ゴムでしばって、高さを競った。

高校生のころ、笑いすぎの他は至って品行方正だった私が、何を血迷ったか、学校帰りに映画館へ入り、「青い麦」を見て、出口で補導された。怒った時はライオンの如く、やさしい時はカンガルーの如し、と自らを「オンカン」と命名した中山先生が、ライオンになって待ちかまえていて、説教された。さんざんしぼられた後、こんなすばらしい映画のどこがいけないのか、どうしても分かりません、と小さな声でやっと言うと、「すばらしい映画だからこそ、見てはいけないのだ！」とチャップリンのように腕をふって言った。映画の内容は何もかも忘れたけれど、あのふくよかな年増のマダムが、心にもない愛想づかしを言って、男の子が怒って出ていったドアのかげで、声をしのばせて泣いている。そこにうららとこもれ陽が射していた。甘い、背徳的な、せつない気分は、今でも心に灼きついていて、今ごろになって、やはりオンカン先生は正しかったんだ、と思えるのである。

かれこれ何百人という男優女優の顔を描き続けてきて、まだ描き足りない私の思い出や記憶は、なぜかスクリーンに写る映画のように半立体をしているので、私は映画館に入り映画を見るとき、しきりに、何かを思い出そうとしてしまうのである。

『キネマ旬報』一九九五年四月下旬号　キネマ旬報社

レンズ効果

いつの頃からか、私は次第に肉眼以上の眼を持ちたい、と願うようになっていきました。昆虫や猫の目には、どんな世界が映っているんだろう。同じ地上に住みながら、違った世界に遊んでいるような。植物の才能、石の感性、風や水や微生物の心。

するとある日、クローズアップレンズのカメラで庭に咲いたバラの花をのぞいた途端、私の知っている、熟知している光景が現れました。はるか昔、そこから旅立ってきたに違いない、懐かしい幸せあふるるホームスイートホームだったのです。

ナイチンゲールをもノックアウトする、と先人達が数かぎりなくほめたたえてきたバラに、反発しつづけてきたいごっそうの私も、その日以来、シャッターを切りつづけ、他の花の追随を許さぬ果てしないトンネルをもつ唯一の花だと、しみじみ実感し、ようやくバラを発見することができたのです。発見ほど心ときめくものはありません。それは自分で抱きしめることのできる宝物だからです。

その後、貝や鉱石や眼など、ときめくクローズアップ探求は続きましたが、ピントひとつで自在に世界が変わるレンズ効果には、宇宙の秘密をかいま見た子供のように、今でもドキドキさせられます。

肉眼で見たものを描きたいと思ったことがなく、レンズを通したもの（写真・映画）だけを描いてきた自分にも、なぜだろうと問いかけてみる今日この頃です。

生まれて間もなく太平洋戦争が始まり、戦後の焼け跡で育った私ですが、そこはまた子供にとっては、またとない驚異の遊び場でもありました。溶けたガラスや金属、骨、廃墟は、後年おびただしいオブジェの作品群となりました。今でも時折ガラクタを見つけると、無性に作りたい衝動にかられます。

今回の展覧会のために13点の眼がセットになった新作〈ロゼッタ・ギャラクシー〉を出品します。これは幾百万年の舟旅でもあり、はたまた一瞬でもあった人生のひとくぎりの時に、生まれ故郷の港で、新しい舟出をしよう、という意図のもとに描きました。

これからは、まだ見たこともない、でも誰もが知っている（はずの）小さな新種の花を咲かせたい。花は、心に沁みいる歓びの花でありますように、と願っています。

『合田佐和子』高知県立美術館・松本教仁編　二〇〇一年二月　高知県立美術館

喜びの樹の実のたわわにみのるあの街角で出会った私たち
もう帰る途もつもりもなかった

ノートに何度か記されたことば

あとがきにかえて

合田ノブヨ

　母は、家にお客さんが来たりすると、自分の思い出話やいろいろなエピソードを披露するのが大好きだったんです。この本は、そうやって母が語るのを何度も聞いたおなじみの話のオンパレード。脚色したり、若干作り話も混ざっているでしょうが、母のなかでは全部本当のことだったんだと思います。こうやってまとめて読むと、イマジネーションに感心したり、ああ、こんなふうに感じていたんだと思うことも多くありました。そして、ずいぶんたくさんの文章を書いたんだなと驚きます。

　画家である母にとって、文章の仕事は、単純に生活のためだったのではないかと思います。でも、日記もずっとつけてましたし、書くのは好きだったんでしょう。絵のタイトルにする言葉とか、思いついたフレーズを日記帳やメモ帳のページのすみにいろいろと書き留めていましたし、言葉を探しているというか、言葉を楽しんでいるような面もあったと思います。「私は文章が上手だ」と自慢していることもありましたね。自分で自分を励ましていたのかもしれませんけれど。

私が小学生の頃まで暮らした若林のマンションでは、台所のすぐ横で絵を描いていて、家中には作品と飾りものがぎゅうぎゅうにいっぱい、あちこち立てかけるので本棚から本をとることもできず、長い廊下は横向きになってカニ歩きで通っていました。連日、いろんな芸術家たちが集まっては大騒ぎして、何日も泊まっていく人もいましたし、毎日がどんちゃん騒ぎ。いちばんよく覚えているのは、金子國義さんのアシスタントの人。編み上げブーツを脱ぐのが面倒だったのか、履いたまま家に上がってきたんです。この本にも出てきますが、馬の首を骨にするんだって大騒ぎしたこともあります。あんなドタバタしたなかで、たくさんの絵をよく描けたなって思います。母も相当な変わり者でしたけれど、そんな母もかすんでしまうくらい、きらびやかで、強烈な個性の人たちばかりでした。

小さい頃、私は、すごく素敵な絵を描く母親が大好きで、とっても誇りに思っていました。でも、普通の母親の愛情はもらえませんでしたね。小学生の頃から、食事とか洗濯とか家事は姉と私とでやっていて、自分で起きて支度して学校へ行く毎日。電子レンジと冷凍食品には、ずいぶんお世話になりました。母は、帰ってきて食事ができていないと怒ったり、飲みに行く誘いがかかれば意気揚々と出かけていきましたし、ロケなどで三か月帰らないということもありました。シッターの人がたまに様子を見に来てくれましたが、三か月間子どもふたりっていうのは結構長いんですよね。

学校なんか小学校だけでいい、中学は義務教育だから仕方ないから行かせてやる、とよく言われましたし、高校生でポスター絵の展覧会で賞をもらったときなどは「賞なんかもらって恥ずかしい」とけなされたりしました。子どもの心が傷つくとか、考えたこともなかったんじゃないでしょうか。前世のうらみを思い出して突然怒りだしたり、オカルトや新興宗教に入れあげたり、そういうのに私たちもまきこんで、本当にひどい母親でした（笑）。中学生の頃、しばらくの間、しじみとキャベツと生クリームしか食べちゃいけないって言われたこともありました。チャネリングでそういうメッセージが来たとかで、ほんとうにそれだけしか食べさせてもらえなかったんですよ。給食があったから生き延びましたけれど（笑）。

母の言うことは絶対で、母のことを尊敬もしていました。当時は、ほかの家庭のことを知らなかったし、とにかく何もかもが違っていて、よそのお母さんと比べてどう、っていうレベルじゃなかったですから、そのまま受け取っていましたけれど、姉は七歳上で母親代わりもしてくれましたから、私より苦労も多かったと思います。かまってくれないのが寂しくて、すごく反発もしていました。

とにかく絵を描くことだけが大切で、自分の絵がいちばんだと思っていたし、自分の絵が大好きでした。「何々ビエンナーレに出た」とか「何々美大で教えた」みたいな肩書きも持たないまま、芸術家以外のことを一切せずに一生を全うしたのですから、その点はたいしたものだと思います。賞には全然興味がないし、誰それにほめられたから嬉しい、といったことも聞いたことがないですね。他人の成功を妬んだりとか、そういうことも一切ありませんでした。

母親だけど母親と思えない部分もありましたし、「画家合田佐和子」という人をとりあえず「母」と呼んで一緒に暮らしていたような気もします。エジプトに永住するはずが、私が病気になったせいで帰国しなくてはならず、そのことをずっと申し訳なく思っていましたが、最近「あなたのおかげで帰ってこられて、よかったね」と言われて、そういうふうに見てくれている人もいるのかと思いました。この先、まだ感じ方が変わるかもしれません。

本の題名「90度のまなざし」は、二〇〇三年に発表した絵のタイトルです。数秘術に凝っていたこともあったので、何かそういう意味があるのかもしれませんが、正確にはわからないんです。でも、そういうわからないところも含めて、母らしい感じがしています。

最後のほうは、引っ越しが続いたり、体調が悪化したりで、なかなか絵を描けませんでしたが、でも入院しても、亡くなる直前まで鉛筆画を描いたりしていました。好きなことを言って、好きなことをして、たくさん楽しんで、たくさん喧嘩もしてました。そして、エネルギッシュにたくさんの絵を描いて、文章もたくさん書いて、本当に濃い人生だったと思います。（談）

（コラージュ作家・次女）

合田佐和子年譜

一九四〇年（昭和一五）
一〇月一一日、高知市に生まれる。父・合田正夫、母・善子。一男四女の長女。
戦争中は、会社員だった父が海軍に徴用され広島県呉市に転居。疎開先の香川県で終戦を迎え、高知に戻る。

一九五六年（昭和三一）
四月、私立土佐高等学校に入学。
在学中三年生の夏休みに上京、お茶の水美術学院に通う。卒業時にのみ帰郷。

一九五九年（昭和三四）
四月、武蔵野美術学校本科（現・武蔵野美術大学）デザイン科入学。
在学時より廃物を使ったオブジェ作品の制作を始める。六三年、同校卒業。

一九六四年（昭和三九）
瀧口修造に作品を見せ個展開催を勧められる。
一一月、同郷の画家、志賀健蔵と結婚。

一九六五年（昭和四〇）
六月、初個展「合田佐和子／作品展」（銀芳堂・銀座）。ガラクタオブジェの作品群を発表。
一二月、『手芸文庫7　オブジェ人形』（グラフ社）

刊行。

一九六六年（昭和四一）

一月、長女、玉青が生まれる。六月、離婚。

作品集『FUN WITH JUNK』（Crown Publishers Inc.社）刊行。

一九六七年（昭和四二）

四月、「合田佐和子オブジェ展2nd　白い妖怪の美学」（ルナミ画廊・銀座）。

五月、「ちいさなちいさな展覧会」（松屋八階特別室・銀座）に出品。

一九六八年（昭和四三）

五月、「合田佐和子・宮野テルエ　オブジェ展」（ルナミ画廊・銀座）。

東京・世田谷区若林に転居。

一九六九年（昭和四四）

二月、「合田佐和子作品展」（ルナミ画廊・銀座）。

一二月、唐十郎主宰、劇団状況劇場「少女都市」の小道具を担当。

一九七〇年（昭和四五）

四月、「合田佐和子作品展」（田村画廊・銀座）。

八月、劇団状況劇場「ジョン・シルバー　愛の乞食篇」の舞台美術を担当。

一九七一年（昭和四六）

一月、彫刻家、三木富雄と結婚。結婚直後より八月までニューヨークに滞在。

帰国後、アメリカより持ち帰った写真をきっかけに油彩作品を手がけるようになる。

一九七二年（昭和四七）

三月、「合田佐和子作品展」（村松画廊・銀座）。油彩画を発表。

同月、三木富雄と離婚。

一〇月、劇団状況劇場「鐵假面」のポスター制作を担当。

一二月、次女、信代が生まれる。

一九七三年（昭和四八）

三月、劇団状況劇場「ベンガルの虎　白骨街道魔伝」のポスターに原画を提供。

この年、映像作品「芸術家の生活と意見―合田佐和子」（監督／久里洋二、一六ミリ、二五分、パートカラー）が制作される。

一九七四年（昭和四九）

五月、「第一一回日本国際美術展〈複製、映像時代のリアリズム〉」（東京都美術館）招待出品。

同月「合田佐和子展」（村松画廊・銀座）。

一九七五年（昭和五〇）

二月、「本・オブジェ Book as Object 展」（西村画廊・銀座）に出品。

五月、「合田佐和子個展」（西村画廊・銀座）。

一九七六年（昭和五一）

三月頃、渡米。約二カ月間滞在。

五月、「合田佐和子個展　ハリウッドの顔」（渋谷パルコ新館ノスタルジアハウス）。

七月、『月下の一群』（唐十郎編集）創刊、装画等を担当。

一〇月、劇団状況劇場「おちょこの傘持つメリー・ポピンズ」のポスター制作を担当。

一九七七年（昭和五二）

二月、寺山修司主宰、演劇実験室天井桟敷「中国の不思議な役人」の舞台美術と宣伝美術を担当。

三月、「合田佐和子個展」（青画廊・六本木）。

この頃、ポラロイド写真による制作を開始。

六月、「エクリチュール展」（ギャラリーニケ・江戸川橋）に出品。

一二月、映像作品「ナイトクラブ」（撮影／安藤紘平、一六ミリ）完成。

一九七八年（昭和五三）

一月、演劇実験室天井桟敷「奴婢訓」の宣伝美術を担当。

一〇月、「合田佐和子個展」(青画廊・六本木)。

一一月、娘二人と初めてのエジプト旅行。以後何度かエジプトを訪れる。

一九七九年(昭和五四)

五月、演劇実験室天井桟敷「レミング」の宣伝美術を担当。

一〇月、演劇実験室天井桟敷「バルトークの青ひげ公の城」(PARCO西武劇場)の舞台美術と宣伝美術を担当。

一九八〇年(昭和五五)

四月、『ポートレート　合田佐和子作品集』(ヘラルド・エンタープライズ)刊行。前月に刊行を記念して、「夢の回廊　合田佐和子ポートレート展」(西武百貨店美術画廊・渋谷)開催。

同月、劇団状況劇場「女シラノ」の宣伝美術を担当。

夏頃、寺山修司監督映画「上海異人娼館・チャイナドール」の装画を担当、香港と大船撮影所でセット制作。

一一月、「フリーダム'80ポスター原画展覧会」(吉祥寺パルコほか巡回)に出品。

一九八一年(昭和五六)

四月、「合田佐和子ポラロイド写真展第一回」(アートセンターevent-space・六本木)。初めてのポラロイド写真展。

同月、「合田佐和子ポラロイド写真展第二回」(ポラロイドギャラリー・虎ノ門)。

一九八二年(昭和五七)

四月、「合田佐和子写真展」(キタノサーカスフォトイン・神戸)。

七月、「第一回現代芸術祭　滝口修造と戦後美術」(富山県立近代美術館)に出品。

八月、寺山修司監督映画「さらば箱舟」の装画美術を担当、沖縄ロケ滞在。

同月、「20世紀末美術展」(板橋区立美術館)に出品。

一九八三年（昭和五八）

一〇月、「テーブルの上のニューヨーク」展（渋谷西武百貨店）に出品。

同月、「現代のリアリズム」（埼玉県立近代美術館）に出品。

一二月、『合田佐和子作品集パンドラ』（PARCO出版）刊行。刊行に合わせて「作品集『パンドラ』出版記念Pandra 合田佐和子展」（STUDIO PARCO Gallery View・渋谷）。

一九八四年（昭和五九）

四月、「現代絵画の20年」展（群馬県立近代美術館）に出品。

一二月、「クリエイティヴ'84―10人の女性画家」（有楽町朝日ギャラリー）に出品。

一九八五年（昭和六〇）

一月、『オリジナル・ミニアチュール銅版画集　合田佐和子　銀幕』（美術出版社）刊行。刊行に合わせて「合田佐和子「銀幕」展示」（INGO・六本木）、「合田佐和子作品銅版画集『銀幕』発刊記念展」（美蕾樹・渋谷）。

三月、「本 ARTISTS' BOOKS : JAPAN 日本のアーチストが作った〝本〟の展覧会」（ニューヨーク・アートエキスポほか巡回）に出品。

四月、娘（当時、一九歳と一二歳）を連れてエジプトに移住。

一九八六年（昭和六一）

一月より八月まで、『週刊朝日ジャーナル』に「ナイルの夕陽は半熟卵　エジプト村日記」を連載。

四月、永住を断念して帰国。若林のマンションに戻る。

一一月、「合田佐和子作品展　ポートレートシリーズを中心に」（丸善・名古屋）。

一九八七年（昭和六二）

一月、世田谷区砧に転居。

五月、「現代人形の光景展―静止する反・擬人法」（西武百貨店八尾店）に出品。

一二月、『ナイルのほとりで』（朝日新聞社）刊行。

一九八八年（昭和六三）

四月、劇団唐組第一回公演「さすらいのジェニー」の宣伝美術を担当。

七月、『眼玉のハーレム』（ＰＡＲＣＯ出版）刊行。

九月、オートマチズム（自動書記）によるドーロイングを制作。

一九八九年（昭和六四・平成元）

一月、「合田佐和子12進法（シュールレアリスム）前夜展」（PARCO GALLERY・渋谷）。個展オープン一週間前より入院。

五月、退院し、神奈川県三浦郡葉山に転居。

七月、『オートマチズム』（トムズボックス）刊行。

一九九〇年（平成二）

三月、sagacho café（佐賀町）に眼のドローイング九〇点展示。

一九九一年（平成三）

二月から十月まで、『朝日新聞』連載、中上健次の小説「軽蔑」の挿絵を手がける。毎回眼の鉛筆画。

一一月、「高松市美術館常設展　写真と絵画表現」（高松市美術館）に出品。

一九九二年（平成四）

一月、「合田佐和子個展Sleep」（GALLERY HOUSE MAYA・青山）。

二月、「福正宗アートギャラリー'92　合田佐和子の公開制作」（MROギャラリー・金沢）。

六月、「合田ノブヨ　ダブルEYE　合田佐和子　作品展」（ポラロイドギャラリー・虎ノ門）。

九月、「合田佐和子写真展」（ツアイトフォトサロン・日本橋、イルテンポ・高円寺）。

一〇月、「開館一〇周年記念展　アダムとイヴ」（埼玉県立近代美術館）に出品。

同月、唐組「虹屋敷」の宣伝美術を担当。以後継続して担当する。

一九九三年（平成五）

一月、「28人のイラストレーターによる自画像」（GALLERY HOUSE MAYA・青山）に出品。

一二月、鎌倉市浄明寺に転居。

一九九四年（平成六）

三月、「現代のアーティストシリーズVOL.4合田佐和子展」（富山市民プラザアートギャラリー）。

八月、『みずうみ』（アップリンク）刊行。刊行に合わせて「眼の回廊　合田佐和子の世界」（スパイラルガーデン・青山）。

一二月、「Witness with Darkness」（SPACE YUI・青山）に出品。

一九九五年（平成七）

五月、「Black Cat Collection」（SPACE YUI・青山）に出品。

六月、「澁澤龍彦画廊展」（日動画廊・銀座）に出品。

七月、「葡萄園（ノスタルジー）Sawako GODA◇Nobuyo GODA」展（SPACE YUI・青山）。

九月、「絵の中の女たち」（群馬県立近代美術館）に出品。

一九九六年（平成七）

五月、「合田佐和子展　ある日…」（伊勢丹ファインアートサロン・新宿）。

同月、『雨月の使者』（唐十郎との共著、エージー出版）刊行。

六月、「澁澤龍彦画廊展」（日動画廊・銀座）に出品。

一二月、「イブの系譜」（SPACE YUI・青山）に出品。

同月、「天使と妖精たちのクリスマスANGEL and Fairy」（伊勢丹新宿店本館七階特設会場）に出品。

同月、「女性の肖像　日本現代美術の顔」（渋谷区立松濤美術館）に出品。

一九九七年（平成九）

三月、絵本『世界の神話　女神イシス』（舟崎克彦との共著、ほるぷ出版）刊行。

同月、「8つの神話　『世界の神話』出版記念展」に出品。

一〇月、「合田佐和子展　ファントム」（江寿画廊・京都）。

一一月、「光の方へ…」（京都市美術館）に出品。

同月、「合田佐和子展　ラピス」（アトリエ倫加・高知）。

一二月、「金子國義と友の会展」（伊勢丹美術画廊・新宿）に出品。

一九九八年（平成一〇）

一月、「合田佐和子個展ばらのトンネル」（SPACE YUI・青山）。

七月、「種村季弘　奇想の展覧会　実物大　Part I」（画廊春秋・銀座）に出品。

一二月、「金子國義と友の会展　書物のなかへ」（伊勢丹美術画廊・新宿）に出品。

一九九九年（平成一一）

一月、「種村季弘　奇想の展覧会　実物大　Part II」（中京大学アートギャラリーCスクエア・名古屋）に出品。

一〇月、「合田佐和子展　シリウスの小包み」（PASTEL MUSEUM・青山）。

一一月、「シュルレアリスムの視点」（スパンアートギャラリー・銀座）に出品。

二〇〇〇年（平成一二）

三月、「骰子の7つめの目」展（Galleria AMICA・名古屋）に出品。

六月、「日蘭交流四〇〇周年記念現代絵画展 Dejima 2000 EXHIBITION 1」（O美術館・大崎）に出品。

同月、「四谷シモン　人形愛」（大分市美術館ほか巡回）に出品。

一〇月、「ART BOX IN JAPAN　現代日本の絵画」展（ART BOX GALLERY・銀座）に出品。

二〇〇一年（平成一三）

二月、「森村泰昌と合田佐和子」（高知県立美術館）。

三月、「合田佐和子展　眼ニュー」（アトリエ倫加・高知）。

七月、「ボックス・アート展」（リアス・アーク美術館・高知ほか巡回）に出品。

同月、「瀧口修造　夢の漂流物」（富山県民会館美術館）に旧瀧口コレクション展示。

同月、「瀧口修造の眼—戦後の作家たち」（入善町立下山発電所美術館）に旧瀧口コレクション展示。

八月、「テラヤマ・ワールド　寺山修司展　きらめく闇の宇宙」（小田急美術館・新宿）にポスターなど出品される。

一一月、「世界の巨匠　10代の作品展　おかざき世界子供美術博物館コレクション」（O美術館・大崎）に出品。

同月、「私の劇場　ポスターハリスギャラリーオープニング企画展 vol.2」（Poster Hari's Gallery・青山）に出品。

二〇〇二年（平成一四）

四月、「華宵と合田佐和子の世界展　ばらの花と眼」（高畠華宵大正ロマン館・愛媛県）。

五月、「時代のアート 1950 ~ 2002 T氏のコレクション作品から」（奈義町現代美術館）に出品。

六月、「ポラロイド写真の世界　時を超えて」（ポラロイドギャラリー・虎ノ門ほか巡回）に出品。

同月、「合田佐和子展　シリウスの小包」（札幌大学・展示スペース学長室）。

九月、「矢川澄子追悼展」（ギャラリーイヴ・経堂）に出品。

一〇月、「機械仕掛けのイヴたち　夜想から Part1」（Galleria AMICA）に出品。

一一月、「コレクションのススメ展 十五萬円マデ」（カスヤの森現代美術館・横須賀）に出品。

二〇〇三年（平成一五）

四月、「人でみる湘南１００人展」（藤沢市民ギャラリー）に出品。

五月、「ARTIST'S BOOKS」（nBOX・高知）に出品。

八月、「開館十周年記念　高知の美術１５０年の１００人展」（高知県立美術館）に出品される。
九月、「絵画＝単立と連立…1」（カスヤの森現代美術館・横須賀）に出品。
一〇月、「合田佐和子　影像　絵画・オブジェ・写真」展（渋谷区立松濤美術館）。
一二月、「記憶ファンタジー　合田佐和子展」（中京大学アートギャラリーＣスクエア・名古屋）。

二〇〇四年（平成一六）

四月、「ポートレートの現代　聖徳太子からモンローまで」（うらわ美術館）に出品。

二〇〇五年（平成一七）

この頃より、体調を崩すことが多くなる。

二〇〇七年（平成一九）

二月、「合田佐和子展」（ギャラリー椿・京橋）。

二〇一〇年（平成二二）

三月、「合田佐和子展」（ギャラリー椿・京橋）。

二〇一二年（平成二四）

五月、「合田佐和子展　ミルラ」（GALLERY B・鎌倉）。

二〇一三年（平成二五）

六月、「合田佐和子　アナザーワールドへ」（みうらじろうギャラリー・日本橋）。

二〇一四年（平成二六）

四月、「ねこ・猫・ネコ」（渋谷区立松濤美術館）に出品。
七月、「合田佐和子展」（みうらじろうギャラリー・日本橋）。

二〇一五年（平成二七）

五月、「合田佐和子展　喜びの樹の実のたわわにみのるあの街角で出会った私たち　もう帰る途もつもりもなかった」（みうらじろうギャラリー・日本橋）。

二〇一六年（平成二八）

二月一九日、心不全で死去。七四歳。

二月、「6year Exhibition」（LIBLAIRIE6・恵比寿）に出品。

四月、「追悼　合田佐和子ポスター展」（Poster Hari's Gellery・渋谷）。

同月、「招き猫亭コレクション　猫まみれ展　アートになった猫たち　浮世絵から現代美術まで」（三重県立美術館）に出品。

六月、「追悼　合田佐和子展」（みうらじろうギャラリー・日本橋）。

一一月、「高橋コレクション　マインドフルネス！2016」（高知県立美術館）に出品。

一一月、「アートアワードコレクションより　美の挑戦者たち」（香美市美術館・高知県）に出品。

一二月、「山尾悠子　歌集『角砂糖の日』新装版出版記念」（LIBRAIRIE6・恵比寿）に出品。

二〇一七年（平成二九）

一月、『90度のまなざし』（港の人）刊行。

同月、「合田佐和子『90度のまなざし』出版記念展」（みうらじろうギャラリー・日本橋）。

年譜の作成にあたっては、『合田佐和子　資料』（テキスト・年譜・文献／正木基、二〇〇一年、佐野画廊刊）、「合田佐和子　影像　絵画・オブジェ・写真」展図録（企画・編集／渋谷区立松濤美術館・光田由里、二〇〇三年、渋谷区松濤美術館刊）を参照しました。記して感謝します。

合田佐和子著作リスト

『手芸文庫7　オブジェ人形』グラフ社　一九六五年
『FUN WITH JUNK』Crown Publishers Inc.　一九六六年
『性宇宙』白石かずことの共著　ライフ社　一九七一年
『ポートレート　合田佐和子作品集』ヘラルド・エンタープライズ　一九八〇年
『合田佐和子作品集　パンドラ』ＰＡＲＣＯ出版　一九八三年
『オリジナル・ミニアチュール銅版画集　合田佐和子　銀幕』美術出版社　一九八五年
『ナイルのほとりで』朝日新聞社　一九八七年
『眼玉のハーレム』寄稿／高橋睦郎　ＰＡＲＣＯ出版　一九八八年
『オートマチズム』トムズボックス　一九八九年
『みずうみ』アップリンク　一九九四年
『雨月の使者』唐十郎との共著　エージー出版　一九九六年
『世界の神話　女神イシス』舟崎克彦との共著　ほるぷ出版　一九九七年
「合田佐和子　影像　絵画・オブジェ・写真」展図録　企画・編集／渋谷区立松濤美術館・光田由里　渋谷区立松濤美術館　二〇〇三年
「森村泰昌・合田佐和子」展図録　編集／高知県立美術館・松本教仁　高知県立美術館　二〇〇一年

本書は、著者が雑誌や単行本等に発表した執筆作品から、七つのテーマに分けて厳選収録しました。

出典はそれぞれの文章の末尾に記し、版元名は発表当時のものとしました。収録にあたっては初出時に無題の作品は、新たにタイトルをつけました。また、用字、表記、送りがななどは原則として初出に従い、誤植は修正しました。

今日の人権意識に照らし合せ、不適切な語句、表現が見られますが、発表当時の時代的背景、著者が故人であることを鑑み、そのままとしました。

編集にあたっては『合田佐和子・資料』（正木基／テキスト・年譜・文献、二〇〇一年、佐野画廊刊）などを参照しました。

本書の編集・刊行にあたっては、つぎのかたがたのご協力をいただきました。厚くお礼申し上げます。

（敬称略）

合田ノブヨ
安藤潤
正木基
光田由里
笹目浩之

90度のまなざし

二〇一七年二月一日初版第一刷発行

著　者　合田佐和子
編　集　井上有紀
装　幀　飯塚文子
発行者　上野勇治
発　行　港の人
神奈川県鎌倉市由比ガ浜三―十一―四十九
郵便番号二四八―〇〇一四
電話〇四六七（六〇）一三七四
ＦＡＸ〇四六七（六〇）一三七五
印刷製本　創栄図書印刷

ISBN978-4-89629-326-5